Zu diesem Buch Die Comics haben sich seit ihrem Entstehen nicht nur als lebensfähig erwiesen, sie entwickelten sich zu einem neuen Medium und waren zunehmend erfolgreich. Mit außerordentlicher Schnelligkeit hat sich die Bilderliteratur formal und ideologisch zusammen mit den ästhetischen und gesellschaftlichen Neuerungen entwickelt: von den liebenswerten Witzzeichnungen erst für Kinder und später Erwachsene über bissige Karikaturen und Abenteuerserien zu Sex and Crime, Protest, Gesellschaftskritik, Underground und Agitation. Die Comiczeichnungen erschienen zuerst abgeschlossen in den Sonntagsbeilagen großer amerikanischer Zeitungen, dann in Form der Strips in der Tagespresse, später in den Comic-Heften und eigenen Comic Books, produziert werden die Figuren vom Film, von der Werbung und auch der Spielzeugindustrie.

Die Helden der Bildergeschichten sind international, *Little Nemo, Tarzan, Rex Star, Prinz Eisenherz, Superman* und *Batman, Micky Maus, Tim und Struppi, Willy Wacker, Blondie, Barbarella,* die *Peanuts, Asterix* und *Fritz the Cat* sind heute in der Bundesrepublik ebenso bekannt wie in ihren amerikanischen und europäischen Heimatländern und wie die alten und neuen deutschen Comicschöpfungen *Max und Moritz, Vater und Sohn, Fix und Foxi, Reinhold das Nashorn* oder *Taró.*

Dieses Buch beschreibt die Entstehungsgeschichte der wichtigsten Comics in ihren Ursprungsländern, Bildkonventionen,Erzählstruktur, technische Möglichkeiten und Gattungen. Es untersucht Wirkungsweise und -grad des neuen Mediums. Neben den Comics werden dabei besonders die Fotoromane berücksichtigt.

Das vielfältige Abbildungsmaterial dokumentiert diese einführende Geschichte der Comics.

Comics

Kunst und Konsum der Bildergeschichten

von Román Gubern
und Claude Moliterni
als Interviewpartner

rororo

Rowohlt

Titel der Originalausgabe «Literatura de la Imagen»
Aus dem Französischen übertragen von Hainer Kober
Für die Taschenbuchausgabe eingerichtet
und bearbeitet von Kerstin Lorenzen
Umschlagentwurf Werner Rebhuhn

Deutsche Erstausgabe

Veröffentlicht im Rowohlt Taschenbuch Verlag GmbH,
Reinbek bei Hamburg, im Oktober 1978

Satz: Arnholdt-Satz, Hamburg
Druck und buchbinderische Verarbeitung:
Graficas Estella, S.A./Estella (Navarra)
Printed in Spain
680-ISBN 3 499 17171 6
D.L.:NA-794-1978

Inhaltsverzeichnis

Rechts: Claude Moliterni, *geboren 1932 in Frankreich, ist Gründer und Chefredakteur der französischen Zeitung «Phénix», die sich ausschließlich mit Comics theoretsich beschäftigt. Er ist literarischer Direktor der Edition Dargand, von «Pilote» und Mitarbeiter an «Tintin» («Tim und Struppi»), er ist Chefredakteur von «Lucky Luke» und leitet die «Collection Ser», die sich sehr um Wiederauflagen von Comics aus dem «Goldenen Zeitalter» bemühte und in deren Edition die «Encyclopédie de la Bande Dessiné» erschien, herausgegeben von Moliterni, Pierre Couperie und Henri Filippini. Seit 1964 veranstaltete Moliterni 117 internationale Comicausstellungen. Seine selbstgesetzte Aufgabe ist es, sich für die anspruchsvolle und graphisch ansprechende Comicliteratur einzusetzen.*

Soziologie der Bildergeschichten

Das Bild besitzt eine eigene Literatur, den *Comic,* der seit seiner Entstehung große Erfolge gefeiert hat. Er hat sich als durchaus lebensfähig erwiesen. Bis zum heutigen Zeitpunkt hat er sich formal und ideologisch mit ungeheurer Schnelligkeit allen Strömen und Veränderungen angepaßt. Wir haben Claude Moliterni als Fachmann über Bedeutung, Lage und Probleme des Comics befragt.

Welche Ursprünge hat der Comic?

Der Comic ist Ende des 19. Jahrhundert in Deutschland entstanden. Der große deutsche Comic-Klassiker Max und Moritz stammt von Wilhelm Busch (1832–1908). Er hat die Deutschen viele Jahre lang unterhalten, bis er dann einen amerikanischen Autor, Knerr, zu einem neuen Comic angeregt hat, den *Katzenjammer Kids.* Die Historiker vertreten gern die Auffassung, daß der Comic in den Vereinigten Staaten mit *The Yellow Kid* begonnen habe, einer Serie, die jede Woche in der Sonntagsbeilage der Zeitungen erschien: es handelt sich um einen kleinen gelb gekleideten Jungen, der auf einer ganzen Seite abgebildet wurde. Es handelte sich also nicht eigentlich um einen Comic.

In Frankreich gab es «Christoph» mit *La Famille Fenouillard* und *Le Sapeur Camembert*. Der Ursprung der Comics ist europäisch. Sie sind Anfang des Jahrhunderts sehr geschickt von den Amerikanern adaptiert worden. Dort gab es dann so berühmte Autoren wie Winsor McCay, den Schöpfer des schönsten Comics, der auch heute noch seine Aktualität besitzt: *Little Nemo in Slumberland*. Dieses Meisterwerk habe ich vor vier Jahren bei Pierre Horay neu aufgelegt. Man nennt diese Zeichengeschichten Comics, weil sie in den Vereinigten Staaten 25 Jahre lang hindurch vor allem komischer Art waren. Man mußte bis 1929 warten, um den ersten realistischen Comic, *Tarzan* von Harold Foster, zu erleben. Er hatte das Buch von Burroughs zum Vorbild.

1929 bis 1940 war das «goldene Zeitalter» der Comics in den Vereinigten Staaten: da gibt es *Flash Gordon* (*Rex Star*), eine Science-fiction-Serie von außerordentlichem Rang, die kein «Abklatsch», sondern die ganze Geschichte des Science-fiction bietet; außerdem gibt es große Abenteuergeschichten wie *Jungle Jim*, die Serie vom *white hunter* im Dschungel, der nach Art der Trivialliteratur der Zeit wilde Tiere und Banditen jagte. Schließlich gab es *Secret Agent X-9*, die Kriminalserie von Alex Raymond, die von einem der großen Kriminalschriftsteller, nämlich von Dashiell Hammett, stammt.

Es gab also eine enge Verbindung zwischen dem Kino der dreißiger Jahre, der Literatur dieser Zeit (James Cain, Raymond Chandler) und den Comics. Sie hatten sich durchgesetzt und behaupteten sich, abgesehen vom komischen Genre, auch auf dem Gebiet der Science-fiction, des Abenteuers und der Kriminalgeschichte.

Gibt es auch heute noch einen Unterschied zwischen den Vereinigten Staaten und Europa? Kann man sagen, daß die Vereinigten Staaten die Avantgarde stellen?

Die Gattung hat bei uns Jahre hindurch «stagniert». In *Les Pieds Nickelés*, *Bécassine* und *Camembert* stand der Text unten und wurde durch ein Bild illustriert. Das sind keine echten Comics, sondern Geschichten in Bildern. Alain Saint-Ogan hat nach dem Vorbild der amerikanischen Comics 1925 den Einfall gehabt, wie dort den Text in einer «Blase» unterzubringen. So kam es 1925 zu *Zig et Puce*. Er ist der eigentliche Schöpfer der französischen Comics.

Lange Zeit sind wir im Kielwasser der amerikanischen Comics geblieben. Dann kam 1940 mit der Zeitschrift *Le Téméraire* die faschistische Zeit. 1945 haben Kommunisten und Katholiken ein Gesetz durchgebracht, das aus Frankreich praktisch all jene amerikanischen Comics verbannte, die nicht für Kinder, sondern für Erwachsene gezeichnet, geschrieben und millionenfach in den Tageszeitungen veröffentlicht wurden. Die europäischen Verleger hatten dieses Material recht billig eingekauft und in Europa veröffentlicht. So entstanden 1934 in Frankreich, Italien, Belgien und Spanien die großen Wochenzeitschriften. Die berühmteste war *Mickey* 1934 von Paul Winkler. Wir Europäer haben diese Helden für Erwachsene schon als kleine Kinder kennengelernt. Unser Comicverständnis ist deshalb ein wenig anders. Nach 1945 verbot dieses französische Gesetz Gewalt, Sex und ähnliche Zutaten – also im Grunde genommen den amerikanischen Comic. Daraufhin versuchten die Franzosen vor allem mit zwei Wochenzeitschriften, *Vaillant* und *Coq hardi*, aber auch mit anderen den französischen Markt zu erobern. Doch unsere belgischen Kollegen waren mit den Zeitschriften *Tintin* und *Spirou* geschickter und besser. Zwanzig Jahre lang beherrschten sie praktisch den Markt! 1968 erschien dann *Hara-Kiri*.

Auf welcher Ebene und in welche Literaturgattung würden Sie die Comics ganz allgemein einstufen?

Eine außerordentlich schwierige Frage. Ich glaube, daß es sich um eine volkstümliche Kunstform handelt. Man kann Comics wohl nicht klassifizieren. Unter dem Begriff werden ganz verschiedene Ausdrucksweisen zusammengefaßt: es gibt Erzählungen für Erwachsene, ohne daß es sich deshalb um Pornographie

Der erste in einer Generationsfolge von «Tarzan»-Zeichnern war 1929 Hal Foster, ihm folgte Rex Maxon und später der bekannte Burne Hogarth. «Tarzan» ist ursprünglich die Hauptfigur einer Romanreihe (1912) von E. R. Burroughs, die schon seit 1918 verfilmt wurde.

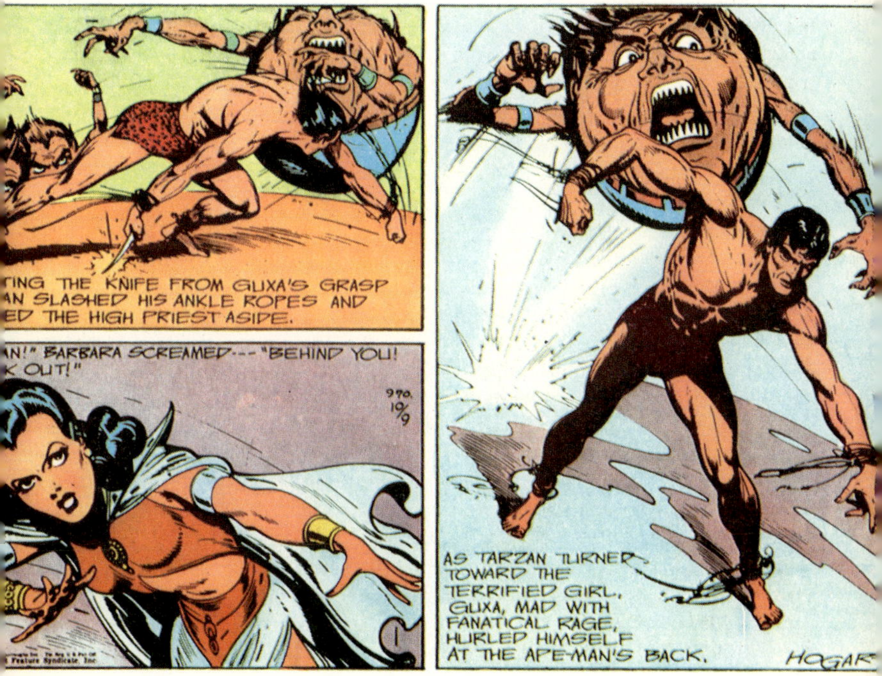

Ab 1908 erschien in der französischen Kinderzeitschrift «L'Epatant» die Serie «Les Pieds Nichelés» von Louis Forton, die schon entgegen der europäischen Bildunterschriften-Tradition Sprechblasen und Lautnachahmungen verwendete.

handelte, und seit neuestem versuchen sogar einige Schriftsteller dem Comic eine literarische Dimension hinzuzugewinnen: Da ist Hugo Pratt, der einen Comic mit dem Titel *Corto Maltese* schreibt. Diese Geschichte steht in der Tradition von Melville und von Stevenson. Pratt ist wirklich ein phantastischer Autor. Oder nehmen wir Jean-Claude Forest, den Autor von *Barbarella*, der augenblicklich in seiner sehr genauen und anspruchsvollen Sprache einen Comic mit dem Titel *Hypocrite* schreibt. Das sind wirklich Leute mit Sprachgefühl. Viele andere Intellektuelle arbeiten als Autoren: zum Beispiel der Italiener Crepax oder Jules Feiffer, dessen Texte keinen Vergleich zu scheuen haben.

Anfangs waren Comics eine Randerscheinung. Dann ließen sich die Menschen von ihrer dynamischen Gestaltung fesseln. Wie reagieren sie heute?

Im Prinzip gehe ich davon aus, daß die Leute Comics lesen, ohne sie eigentlich zu sehen. Dazu sind die Bilder zu klein. So habe ich diese Bilder fotografiert und erheblich vergrößert. Wir haben Ausstellungen veranstaltet. Da haben die Menschen Dinge entdeckt, die sie nie zuvor wahrgenommen hatten. Sie haben festgestellt, daß es unter den Comic-Zeichnern große Künstler gibt. Manche von ihnen haben dieselben Techniken wie die großen italienischen Maler. – Burn Hogarth, ein erfolgreicher Zeichner von *Tarzan*, arbeitet nach dem Gesetz des Goldenen Schnitts. Milton Caniff, der einer der Meister der Schwarzweiß-Darstellung geworden ist, ist 1972 in einer Ausstellung in Angoulême vor vorgestellt worden. Die Journalisten und Kunstkritiker gerieten angesichts der graphischen und ästhetischen Qualität seiner auf drei Meter Breite vergrößerten Zeichnungen außer sich! Wir haben in den größten Museen der Welt Ausstellungen veranstaltet: im Louvre, im Metropolitan in New York, im Museo de Art in São Paulo, in der Kunstakademie in Berlin, im Kunstinstitut in London, in Helsinki, in Japan, überall. In jeder Hinsicht – historisch, technisch, ästhetisch und soziologisch – konnten wir nachweisen, daß Comics eine volkstümliche Kunstgattung mit ganz eigenen Ausdrucksmitteln sind. Bislang sagte man, Comics sind schädlich, schlecht geschrieben und so weiter. Es ist aber dasselbe wie mit der Literatur und dem Kino: Man muß zwischen guten und schlecht gemachten Comics unterscheiden.

Die Comics sind also eine Gattungsmischung. Sie gehören der bildenden Kunst und der Literatur zugleich an. Denn sie sind ja nicht nur Literatur...

René Goscinny und Albert Uderzo sind zum Beispiel zwei Autoren, die sich wundervoll ergänzen. Die Asterix-Hefte sind mit 1,5 Millionen Exemplaren in Frankreich und in 1,3 Millionen Auflage in der Bundesrepublik Deutschland erschienen. Asterix ist in siebzehn Sprachen übersetzt worden! Es ist also keine regional einzugrenzende Erscheinung... Der Grund ist darin zu sehen, daß René Goscinny ein großer Humorist und Albert Uderzo ein großer Zeichner ist.

Heute veröffentlicht Goscinny in einer Sonntagszeitung eine neue Serie *Iznogoud.* Dank dieser Serie ist die Auflage der Zeitung gestiegen.

Kann man versuchen, die Qualität eines Comics zu bestimmen? Gibt es allgemeingültige Kriterien?

Unter literarischem Gesichtspunkt ist das natürlich sehr schwer zu beantworten. Graphisch ist das schon eher möglich. Wenn man einen bestimmten Geschmack hat, kann man den Wert einer Zeichnung für sich beurteilen. Inhaltlich ist es immer sehr schwer. Wie im Kino kann man sich fragen, sind Drehbuch und Dialoge gut? Ein Kriterium ist natürlich Erfolg und allgemeine Zustimmung. Wenn man *Blueberry* nimmt, der von Jean-Michel Charlier geschrieben und von Jean Giraud gezeichnet wurde, kann man feststellen, daß dieser Comic in der ganzen Welt beträchtlichen Erfolg hat. Im Comic genügt es nicht, wenn man eine Zeichnung an die andere reiht. Anderes muß hinzukommen. So die Kunst des Autors, der seine Texte mit großem technischen Geschick placieren muß. Der Autor der Comics hat seine ganz besonderen Ausdrucksmittel.

Da gibt es den Rahmen. Manche Kritiker sagen: Die Comics sind Kino; sie gehen auf das Kino zurück. Das ist falsch. Das Kino kam erst viel später. 25 Jahre lang hat man mit fester Kamera gearbeitet. Wenn sie *Little Nemo* betrachten, der 1905 erschien, entdecken sie bereits den Panoramaschwenk und Bildschnitte mit wechselnden «Dekorationen». Auf expressionistische, ganz außergewöhnliche Weise hat er seine Erzählweise entfaltet.

Viele Comic-Autoren haben im übrigen nicht begriffen, daß man Ausdruckswerte durch die Gegenüberstellung der Bilder, durch die Dynamik der ganzen Bilderreihe schaffen kann. Das Kino ist Gefangener der Leinwand. Im Comic kann man machen, was man will... Die Leinwand aufheben oder was einem sonst beliebt.

Dann haben sie noch die «Blase» zur Verfügung, mit der sie jede abstrakte

Vorstellung ausdrücken können. Sie ist ein phantastisches Element, eine Zeichenkonvention, über die man tagelang sprechen könnte. Wenn in solch einer Blase zum Beispiel ein kleines Stück Holz abgebildet wird, in dem eine Säge steckt, bedeutet das: die betreffende Person schläft, schnarcht. Das wird in der ganzen Welt verstanden, in Japan und in Zululand, in Polen und in Frankreich. All diese Konventionen sind wie durch «Zauberkraft» entstanden. Sie werden von allen Lesern verstanden.

Dann gibt es das narrative Bild selbst, das eine zentrale Handlung ankündigt, in der sich verschiedene Einzelaktionen abzeichnen.

Wenn man nun die «Blase», den Rahmen und das narrative Bild zusammenfaßt, erhält man den Comic, der zwei Erzählweisen miteinander verbindet: die *Strips*, den Comic in Tageszeitungen, und das Comicbook.

Fortsetzung des Gesprächs auf S. 59.

Die Industrie der Bildererzählungen Die der Industrie heute zur Verfügung stehenden Vervielfältigungstechniken von Bildern ermöglichen es, Bilderliteratur in großem Maßstab zu verbreiten. Dies geschieht vor allem in zwei sehr beliebten Erscheinungsweisen: als *Comic* und als *Fotoroman.* Die einen bestehen aus gezeichneten Bildfolgen, die anderen aus fotografischen Sequenzen.

Wie bei anderen Mitteln der Massenkommunikation handelt es sich bei Comics und Fotoromanen trotz ihrer kulturellen Bedeutung um Industrieprodukte. Das heißt, daß an dem Produkt vom Entwurf bis zum öffentlichen Vertrieb eine große Zahl von Personen und technischen Verfahren beteiligt sind. Besonders im Fall des Fotoromans fällt es ins Auge. Dort müssen neben dem Photografen die Darsteller und der Bühnenarbeiter mit all seinem Zubehör zugegen sein. Aber auch bei den Comics, deren Herstellung einfacher ist, verwandelt die Industrie das handwerkliche Produkt des Zeichners oder des Zeichnerteams in viele Einzelexemplare, die durch die Techniken des Verlagsvertriebswesens in die Hände des Publikums gelangen (Buchhandlungen und Kioske).

Natürlich ist der Comic auch schon vorhanden, bevor er vervielfältigt und vertrieben wird. Seine Reproduktion in vielen Exemplaren ist erst ein zweiter Schritt.

Der Vertrieb dann ist Aufgabe des Verlags und der Zeitschriftenindustrie. Hier gelangen wir auf das Gebiet der Soziologie. Aus diesem Grunde können alte Handwerkstechniken, die man unter ästhetischem Gesichtspunkt als Vorläufer der Comics ansieht – Bildererzählungen auf ägyptischem Papyrus oder auf griechischem Ton –, kein Interesse bei Soziologen finden. Im allgemeinen wird die Auffassung vertreten, daß die Comics in ihrer modernen Erscheinungsform 1896 von der amerikanischen Zeitschriftenindustrie ins Leben gerufen wurde.

Drei Punkte gestatten diese genaue zeitliche Fixierung: die Erzählung wird durch eine Bildfolge dargeboten, ein und dieselbe Person tritt in mehreren Folgen einer solchen Zeitungs- oder Zeitschriftenserie auf und Bildinnenbeschriftungen oder Bildunterschriften bilden die Rede der Personen ab.

© The American-Examiner

Schon Ende des letzten Jahrhunderts machten sich New Yorker Tageszeitungen die Werbewirksamkeit kontinuierlich erscheinender, humoristisch gezeichneter Figuren zunutze. 1895 druckte die «New York World» erstmalig die Serie «Down Hogans' Alley» von R. F. Outcault, in die eine kleine Kinderfigur mit einem langen Nachthemd gehörte. Sie war seit 1896 Hauptfigur einer eigenen Serie, «The Yello Kid», jetzt farbig gedruckt (oben). Eine zweite Form der Bi'derliteratur neben den Comics ist der Fotoroman; unten: der Fellini-Film «Der weiße Scheich» (1952) parodiert diese Gattung.

Neben «Tarzan» zeichnete Harold R. Foster die erfolgreiche Sonntags-Ritterserie «Prince Valiant» (1937) («Prinz Eisenherz», 1954), die im 5. Jahrhundert in Thule spielt und für deren historische Genauigkeit Foster sorgfältig recherchierte.

Diese Merkmale weist zum erstenmal die Serie *The Yellow Kid* auf, deren Schöpfer Richard Felton Outcault (1863–1928) ist. Seither waren die Tageszeitungen das wichtigste Verbreitungsmittel der Comics. Sie wurden zum Beispiel eifrig von den vielen Einwanderern verschlungen, die die englische Sprache noch nicht recht beherrschten – und die aus diesem Grunde Bücher und Zeitungen noch nicht lesen konnten. So sorgt vor allem die Tageszeitung dafür, daß der Comic fester Bestandteil der Massenkultur wird.

Die Fotoromane entstanden später. Die ersten wurden 1947 in Italien hergestellt. Dabei ging man vom Filmroman aus, in dem ein Film an Hand einer Reihe von Standfotos nacherzählt wurde. Die Reihenfolge der Standfotos ergänzte man durch erklärende Texte oder Dialoge, die die Rekonstruktion der Handlung erleichtern sollten. So wurde Italien Haupterzeugerland des Fotoromans. Federico Fellini (*1920) nimmt die Gattung in seinem Film *Der weiße Scheich* (1952) aufs Korn.

1949 griff die Gattung auch auf Frankreich über. Es entstand die Zeitschrift *Festival.* Später setzte die Form sich auch in anderen romanischen und katholischen Ländern durch, in denen Bildungsgrad und literarische Interessen traditionell bescheidener sind als in angelsächsischen und protestantischen Ländern.

1951 nahm sich die katholische Presse der Gattung an. Sie profitierte dabei von ihrer ungewöhnlichen Auflagestärke. Sie bemühte sich, die Darstellungsformen in den Dienst gehobener kultureller Ansprüche zu stellen und begann berühmte Erzählungen des vorigen Jahrhunderts fotografisch wiederzugeben. In Spanien gibt es diese sentimentale Erzählweise seit 1949. Damals erschien *Grand Hôtel.* Dann wurde es still um die Gattung, bis sie 1958 mit der Zeitschrift *Picnic* wieder auferstand, die italienische Vorlagen benutzte. Es ist also dem Verlagswesen und der Zeitungs- und Zeitschriftenindustrie mit ihrer vielschichtigen Organisation und ihren großen Auflageziffern zu verdanken, daß Comics und Fotoromane gesellschaftlich sehr relevante Kommunikationsmittel geworden sind.

Volkstümliche Mythen Die Bildliteratur ist deshalb von so großem gesellschaftlichem Interesse, weil sie unter anderem eine überaus vielgestaltige, sehr volkstümliche Mythologie geschaffen hat. So unterscheiden sich vor allem die Comics vom Kino durch die Freiheit, die ihren Schöpfern gewährt ist. Sie sind weder an den Naturalismus der Fotografie noch an bestimmte Körpermerkmale ihrer Darsteller gebunden. Sie haben eine Familie von Helden und Superhelden phantastischen Ausmaßes geschaffen, die sich recht fremd in unserem wissenschaftlichen Zeitalter ausnehmen. Will man ähnliche Geschöpfe entdecken, muß man schon in den orientalischen und den griechisch-römischen Mythologien Umschau halten. Ursprünglich bezog die epische Erzählweise der Comics ihren Stoff aus der volkstümlichen Literatur und dem Kino. Man hielt sich an das, was man vorfand.

Die Comic-Gattungen So entstanden in den Vereinigten Staaten seit 1929 nacheinander das exotische Abenteuer (*Tarzan, Jungle Jim* usw.), die wissenschaftliche Utopie (*Buck Rogers, Flash Gordon* [*Rex Star*]), die Kriminal- und Spionagegeschichte (*Dick Tracy, Secret Agent X-9* usw.), das Fliegerabenteuer (*Ace Drummond*) und das Abenteuer aus dem Mittelalter (*Prinz Eisenherz*). Diese Comics haben sich vielgelesene Romane und alte Filme zum Vorbild ge-

nommen. Sie bieten ihrem Publikum aufregende Abenteuer, die sich in fernen Ländern, Afrika oder Indien, ereignen, in fernen Zeiten (im Mittelalter des *Prinz Eisenherz*, in der Zukunftswelt des *Rex Star*. Oder sie ereignen sich in der aufregenden Welt ausgefallener und attraktiver Berufe (des Detektivs, des Geheimagenten, des Piloten). Die Abenteuer sind unerhört, sie werden von sympathischen, starken, klugen und dazu noch unbesiegbaren Gestalten erlebt. Es sind also rechte Identifikationsfiguren. Sie sind Kompensation und eine die Phantasie anregende Flucht vor der täglichen Routine und Frustration, die ihr durchschnittlicher Leser erleidet. So darf ihre Beliebtheit nicht verwundern.

Man sollte in diesem Zusammenhang vielleicht daran erinnern, daß sich die epische Gattung der Comics etwa 1929 entwickelt hat, das heißt im Laufe jenes schlimmen Jahres, in dem es nach dem Finanzkrach in der Wall Street zur großen Weltwirtschaftskrise kam. Es war eine Zeit der Entbehrung und des Elends. So kam die bestärkende und tröstende Wirkung, die die epischen Comics und ihre Helden in der Vorstellung der Leser schufen, gerade recht. Ihre Funktion unterschied sich insofern nicht besonders von der der volkstümlichen Romane und Abenteuerfilme. Hinzu kam, daß ihre Lektüre keine besonderen intellektuellen Anforderungen stellte, weit weniger jedenfalls, als sie ein Roman verlangt. Denn im Comic tritt der Text ja doch hinter den Bildern zurück, wenn diese Gattung auch immer noch mehr Anstrengung als das Kino erfordert (das aber wiederum mehr kostet als eine illustrierte Zeitschrift oder ein Comicbook). Die neue Gattung war also halbwegs zwischen dem volkstümlichen Roman und dem Abenteuerfilm angesiedelt und stellte insgesamt einen billigeren Ersatz dar.

Wunderkräfte fiktiver Helden Durch die Träume, die die Comics auf das Papier zauberten, öffneten sie ihren Lesern die Pforten in das Land der Phantasie: Reisen in ferne Kontinente, tropische Wälder, Luftkämpfe und unerhörte Hel-

Für die sich ausweitende industrialisierte Konsumgesellschaft sind exotische Comic-Schauplätze im Dschungel, in Afrika oder auf historischen Schauplätzen typisch. Links: die Abenteuerserie «Jungle Jim» (1934) von Alex Raymond spielt unter Großwildjägern und Dschungelführern in asiatischen Wäldern.

dentaten. Diese Geschöpfe vollbrachten im Reiche der Phantasie all das, was sich ein von seinem mittelmäßig und sitzend verbrachten Leben enttäuschter Bürger nur erträumen konnte. Unter diesem Gesichtspunkt agierten die Comic-Helden in exemplarischen Mythen, die von einem großen Publikum unterschiedlichen Alters und Nationalität anerkannt und geschätzt wurden. Anders aber als bei den großen Mythen der alten Religionen und Kulturen wußte dieses Publikum sehr gut, daß die Helden, die es bewunderte, fiktiv waren. Es war sich darüber klar, daß sie aus Japantusche geboren waren; folglich billigte es ihnen nicht den gleichen Realitätsgrad zu wie die Athener dem Herkules. Dieser fiktive Charakter hat die Leserschaft aber nicht daran gehindert, ihren Lieblingshelden unerschütterliche Loyalität und sogar glühende Verehrung entgegenzubringen. Das psychologische Phänomen, das einer gezeichneten Figur in vollem Bewußtsein ihrer fiktiven Natur so etwas wie Wirklichkeitscharakter zugeschrieben wird, ist von großem soziologischem Interesse. Der Vorgang beruht auf den Identifikationsmechanismen. Der Leser projiziert sein Ich in die Figuren der Erzählung. Die Mechanismen sind von entscheidender Bedeutung. Ohne sie wäre die Lektüre solcher Abenteuer bar jeden Interesses. Die vorgeschlagene Fiktion würde nicht akzeptiert werden und der Leser wäre zu einer emotionalen Bindung an seinen Helden nicht in der Lage. Diese Eigenschaften der Comic-Helden haben zwar zu vielfältiger Kritik bei Moralisten, Psychologen und Soziologen geführt, doch kann kein Zweifel daran bestehen, daß die unerhörten Taten der Superman & Co. in künstlerischer Hinsicht bestimmte Forderungen der surrealistischen Poetik in idealer Weise erfüllen. Sie lassen den grauen Alltag vergessen und künden von der unbegrenzten Macht der Phantasie.

So schrieb der Kritiker Francis Lacassin: «Wenn die Comics das Märchenhafte, Unwirkliche und Unmögliche pflegen, werden sie damit nach meiner Auffassung nur ihrer eigentlichen Bestimmung gerecht: der Mondenschein der Realität zu

THE LINE OF DC SUPER-STARS
ACTION COMICS
IN THIS ISSUE:
ACTION-PLUS WITH: The ATOM
STILL ONLY 20¢
ACTION COMICS
NO. 435
MAY
30410
APPROVED BY THE COMICS CODE AUTHORITY
"LOOK OUT, EARTH! IT'S DOOMSDAY WHEN SUPERMAN SCREAMS..."
"I WANT TO WRECK THE WORLD!"

sein.» Bei Marshall McLuhan findet sich folgende Bemerkung: «Picasso hat lange Zeit amerikanische Comics gelesen. Die Intellektuellen von Joyce bis Picasso haben die volkstümliche amerikanische Kunst mit großer Aufmerksamkeit verfolgt. Sie begriffen sie als eine authentische Reaktion der Phantasie auf die offiziellen Formen.» Hier begegnen wir einem sehr wichtigen Argument in der noch unentschiedenen Debatte um die Funktion und den Wert der Massenkultur.

Trotz der positiven Aspekte kann man häufig hören, daß sich die epischen Comics und ihre Helden in vielen Fällen desorientierend und gesellschaftsschädlich auswirkten. Diese Kritik wurde schon recht früh laut. Sie war bereits 1937 zu vernehmen, als regelmäßig erscheinende Hefte (*Comicbooks*) auf den Markt kamen. In ihnen traten nicht die üblichen Helden der Abenteuergeschichte auf, sondern Superhelden, die an ihren zweifellos übermenschlichen Eigenschaften kenntlich waren. Am berühmtesten dürfte *Superman* (1938) sein. Seine alles menschliche Maß übersteigenden Fähigkeiten erklärten sich aus der Tatsache, daß er von dem «Planeten Krypton» stammte. Aber auch andere Helden standen ihm in nichts nach: *Captain Marvel* (1938), der nach dem Vorbold von Superman geschaffen wurde, *Batman* (1939), *Captain America* (1941) usw. Diese Helden können fliegen oder einen Zug mit einem Faustschlag zum Entgleisen bringen. Ihre außerordentlich übertriebenen und völlig irrealen körperlichen

Linke Seite: 1938 zeichneten Jerry Siegel und Joe Shuster den ersten «Superman» für die Zeitschrift «Action Comics». «Superman» wurde nun auch in den amerikanischen Tageszeitungen abgedruckt und bekam eine eigene Zeitschrift. Diese überidealisierte Heldenfigur diente im Zweiten Weltkrieg als militärisches Vorbild. Rechts: «Flash Gordon» (1934), gezeichnet von Alex Raymond, ist der Held einer Zukunftswelt traditioneller Werte.

Die psychologischen und moralischen Qualitäten der Comic-Helden legten nahe, daß sie für politische Propaganda ausgenutzt wurden. Besonders deutlich wird dieser Gebrauch von Comics in den USA während des Zweiten Weltkriegs und im Kalten Krieg danach. Altbekannte Figuren wie «Terry Lee» oder «Jungle Jim» wurden jetzt Soldaten und bekämpften die Japaner, «Captain America» (links) wurde dazu geschaffen, zu bekämpfen, was unamerikanisch war. Rechte Seite: Der spanische «Juan Centella» (in Italien hieß er «Dick Fulmine») siegte dank seiner Körperkräfte über die Schwächlinge, darunter: «Roberto Alcazar» und

Fähigkeiten sind in der Tat ein Kritikpunkt. Auch wenn sie sich als Streiter für Recht und Ordnung, Verfechter des Guten und unerbittliche Feinde von Verbrechern und Bösewichtern erweisen. Sehr ernste Kritik wurde gegen diese Generation von Superhelden von dem Psychiater Frederic Wertham vorgebracht. Er ist der Autor des berühmten, hauptsächlich gegen Comics gerichteten Buchs ‹*Seduction of the Innocent*› (New York 1954). Tatsächlich erklärt sich die Generation der Superhelden der Comicbooks aus dem Wunsch, die Abenteuer der in den traditionellen Zeitungen und Zeitschriften veröffentlichten Comics zu übertreffen. Dazu bedurfte es extravaganterer und aggressiverer Geschehnisse. Man wollte sich einfach von der konservativen Routine der Zeitschriften abheben und die Konkurrenz ohne Hilfe der Werbung aus dem Feld schlagen. So wurde der Markt von den fiktiven Helden überschwemmt.

Der Comic als propagandistisches Mittel Die psychologischen und moralischen Merkmale der Comic-Helden führten zwangsläufig dazu, daß sie politisch ausgeschlachtet wurden, ob das bewußt oder auch unbewußt geschah. Es gibt viele Beispiele für die politische Manipulation von Comics als Propagandawaffe. So hat der japanische Militarismus sie schon vor dem Zweiten Weltkrieg verwendet, um seine Expansionsbestrebungen populär zu machen. Es wirkte meist sehr unschuldig, zum Beispiel in ‹*Dankichis Abenteuer*› von Keizo Shima-

«Pedrin» von Eduardo Vano kämpften gegen das Verbrechen.

Links: «Flechas y Pelayos» entstammt der Zusammenlegung zweier Comiczeitschriften verschiedener, aber nicht gerade entgegengesetzter falangistischer Ideologien im spanischen Bürgerkrieg. Rechte Seite: Den Agentenstrip «Secret Agent X-9», zeichnete Alex Raymond neben seinen Zukunfts- und Dschungel-Comics nach dem Zweiten Weltkrieg.

da. Dort erlitt ein japanisches Kind mit seinem Maskottchen auf einer Insel im Südpazifik Schiffbruch. Die Eingeborenen machten es dann später zu ihrem König und erkannten so die politische Hegemonie Japans an.

Das faschistische Italien hat einige erbauliche Beispiele für die Politisierung des Comics geliefert. 1938 verbot die Regierung die Veröffentlichung amerikanischer Comics. Es hieß, sie seien mit dem nationalen und faschistischen Geist nicht vereinbar. Da diese Helden aber tief in der Leserschaft verwurzelt waren, machten sich Zeichner und Autoren über das Verbot lustig. Die von der Zensur gebrandmarkten Archetypen ließen sie mit neuen Namen wieder auferstehen. So lebte *Rex Star* in den Zeichnungen von Giove Toppi und den Texten von Federico Fellini weiter. Im selben Jahr, 1938, schuf Carlo Cossio in Zusammenarbeit mit Vincenzo Baggioli in der Absicht, die populären amerikanischen Helden zu ersetzen, *Dick Fulmine*, einen Athleten mit einem sinnigerweise italo-amerikanischen Familiennamen. Als Italien allerdings den Amerikanern im Krieg gegenüberstand, büßte er seinen Vornamen ein. Im übrigen trug er das Gesicht von Primo Canera, dem Helden des italienischen Boxsports. Dieser Held war eher für Taten geschaffen, in denen er seine Körperkraft ausspielen konnte, als für Unternehmungen, in denen er seine Klugheit und Intelligenz hätte unter Beweis stellen müssen. Seine Autoren schickten ihn nicht nur in den spanischen Bürgerkrieg, sondern ebenso an die Fronten in Kolonialafrika und in der Sowjetunion. In den vierziger Jahren erschien eine spanische Version von *Dick Fulmine.* Sie trug den Namen *Juan Centella.* Auch im besetzten Frankreich begegnen wir unserem Helden, hier unter dem Namen *Alain la Foudre.* Der spanische Bürgerkrieg führte zu einem Zusammenstoß zwischen den Comics der Republikaner und denen der Nationalisten. Dieser Kampf endete nach der Einigung von 1937: die falangistische Zeitschrift *Flechas* (1936) wurde mit der karlistischen Zeitschrift *Pelayos* (1936) vereinigt. So entstand die Zeitschrift *Flechas y Pelayos* unter der Leitung von Frater Justo Perez de Urbel. Die Zeitschrift diente ausschließlich ideologischen Zwecken. Mit gleicher Absicht wurde 1938 in San Sebastien die Zeitschrift *Chicos* gegründet, die dann aber nach und nach ihre ursprüngliche Tendenz einbüßte. Auch *Roberto Alcazar,* gezeichnet von Eduardo Vano und getextet von Jaun B. Puerto, diente wohl politischen Zwecken. Dieser Held hatte neben seinem vielsagenden Namen ein Gesicht, das Ähnlichkeit mit José Antonio Primo de Rivera aufwies, dem Gründer der Falange.

Doch am deutlichsten zeigte sich die Politisierung der Comics nach dem Zweiten Weltkrieg in den Vereinigten Staaten. Sie wurde möglich auf Grund der uneingeschränkten Machtstellung der Zeitschriftenindustrie und der Verlage sowie der großen Beliebtheit der Gattung. Anders als im Ersten Weltkrieg hatte man diesmal Comic und Film gleichermaßen als Propagandawaffe eingesetzt. Man erlebte die Militarisierung der Comic-Helden. So verhielt es sich zum Beispiel mit *Joe Palooka,* einem erfolgreichen und liebenswerten Boxer, der seit 1931 von Ham Fisher gezeichnet wurde. Er hat auf den Seiten des *New York Mirror* die Intervention der Vereinigten Staaten in den europäischen Konflikt betrieben. Sein Aufruf zum Krieg war keine isolierte Erscheinung. Im *New York Sun* war der

Links: In den dreißiger Jahren, als die Comic-Helden ihre kühnen Taten gerne in der Luft vollbrachten, war «Smilin Jack» von Zack Mosley einer der größten. Andere Filmstrips auch aus den vierziger Kriegsjahren waren «Skyroads», «Tailspin Tommy», «Ace Drummond», «Barney Baxter» oder «Scorchy Smith». Darunter: Auch dem exotischen Held «Jungle Jim» gelang es nicht, sich der politischen Funktion des Comics als propagandistisches Mittel während des Zweiten Weltkriegs zu entziehen.

Kommandant *Don Winslow of the Navy,* der von Carl Hammond stammte, Jahre hindurch der aktivste Werber des Marinecorps. Inzwischen erlebte *Terry Lee,* ein Geschöpf von Milton Caniff, daß aus seinen ursprünglich neutralen Abenteuern mit asiatischen Piraten allmählich ganz und gar rassistisch und antijapanisch geprägte Kämpfe wurden. *Secret Agent X-9* ging von der Verbrecherjagd auf die Suche nach deutschen Spionen über. In diesem Zusammenhang muß man auch das Wirken von *Prince Valiant* (*Prinz Eisenherz*) sehen, den Harold Foster 1939 erfand. Während Europa von den Truppen Hitler-Deutschlands überrannt wurde, verteidigte Prinz Eisenherz den Kontinent mit großer Zähigkeit gegen die Horden der Hunnen.

Terry Lee und Jungle Jim als Vaterlandsverteidiger Wie nicht anders zu erwarten, bestärkte der japanische Angriff auf Pearl Harbor im Jahre 1941 diese militante Haltung. Von diesem Augenblick an wurde die Zahl der Comic-Helden, die sich der Sache des Krieges annahmen, unabsehbar. Das ging in manchen Fällen so weit, daß sie ihren Beruf wechselten. So stürzte sich *Terry Lee* in den Krieg, um für die Luftherrschaft in Asien zu streiten, und wurde zu diesem Zweck Leutnant der Luftwaffe. Ganz zu schweigen von den anderen Piloten, die in den dreißiger Jahren geschaffen worden waren, wie *Smilin' Jack* (1933) von Zach Mosley und *Scorchy Smith* (1930) von John Terry, der sich den Pionier der Luftfahrt Charles A. Lindbergh zum Vorbild genommen hatte. Dazu kamen Helden wie *Buz Sawyer* (1943) von Roy Crane und der sehr antikommunistische *Johnny Hazard* (1944) von Frank Robbins. *Jungle Jim* von Alex Raymond bekämpfte die Japaner in den Tiefen des Dschungels von Burma. Die beiden Helden aus *Tim Tyler's Luck* (*Zwei Jungs in Afrika*) von Lyman Youngs dagegen gaben den afrikanischen Urwald auf, um in die Marine einzutreten. Auch die Superhelden der Comicbooks machten jetzt die neuen politischen Gegner zum Gegenstand ihrer Gewalt. *Superman* hatte sogar die Ehre, von dem nationalsozialistischen Propagandaminister Goebbels während einer Sitzung des Reichstags als Jude beschimpft zu werden. Ein bemerkenswertes Ereignis in der Geschichte der Comics. 1941 bekam die Familie der Superhelden ein neues Mitglied: *Captain America,* der nur zu dem Zweck geschaffen wurde, die Achsenmächte zu bekämpfen.

Diese Aufzählung von rasch in den Dienst militärischer Zwecke gestellter Helden ließe sich noch lange fortsetzen. Die ersten Kriegshelden begründeten nämlich eine lange kriegerische Tradition der Comics, die sich bis zu den Konflikten in Korea und Vietnam fortsetzte. In diesen Comic strips ging es natürlich nicht darum, eine ausgewogene und tiefgründige Analyse vorzulegen, sondern die Bösen von einst (Übeltäter aller Art) gegen deutsche oder japanische Soldaten auszutauschen. Bei dem dieser Erzählgattung ohnehin innewohnenden Schematismus mußte der Tausch dazu führen, daß die Abenteuer der Comic-Helden einen ausgesprochenen rassistischen Aspekt bekamen. Das gleiche gilt für die sowjetischen Figuren während des «Kalten Krieges».

Bis hier eine Änderung eintrat, sollte noch viel Zeit vergehen. Dazu bedurfte es des Protestes der Gegenkultur, die in Studentenkreisen begann und sich in der *Underground*-Bewegung fortsetzte. Davon wird weiter unten noch die Rede sein. Jetzt erlebten die Comics eine nichtkonformistische Politisierung, die gegen die Werte und Wahrzeichen des Establishments gerichtet waren. In Lateinamerika ließ sich bereits in den sechziger Jahren in den kubanischen und brasilianischen Comics eine solche Kritik am Kapitalismus und amerikanischen Imperialismus beobachten. Diese neuen Serien zeigten, daß die Dritte Welt die Propagandalektion der amerikanischen Comics verstanden hatte und sie als revolutionäre Waffe zu verwenden wußte. Wie alle anderen Kommunikationsmittel konnte auch dieses sich der Polarisierung von rechts und links nicht entziehen.

Der Alltag in Bildern Die epische Erzählung und ihre Helden sind nicht der einzige Inhalt der Comics. Die Gattung kannte auch andere Tendenzen und Untergattungen. Diese Comics wiesen nicht die besonderen Merkmale der epischen Gattung auf, das heißt außergewöhnliche Ereignisse und exotische Gegenden, sondern berichteten von Personen und Ereignissen aus einem meist städtischen, manchmal auch ländlichen Alltag. Auch sie fanden großen Anklang beim Publikum und das Interesse der Soziologen. Pionier und Archetyp dieser Richtung war die «Familiensatire», die ihrerseits in der Nachfolge der «Sittenkomödie» stand. Als Comic wurde sie von dem französischen Zeichner Christophe (Georges Colomb) begründet. Unter anderem schuf er die berühmte *Famille Fenouillard* (1889). Diese Familie besitzt zwei heiratsfähige Töchter, Artémise und Cunégonde. Es handelt sich um eine Familie aus der Provinz, die von einem naiven Geltungsbedürfnis beseelt ist und die in der ersten Folge die Weltausstellung in Paris besucht.

Oben: «La Famille Fenouillard» (1889) des Franzosen Georges Colomb (er signierte mit «Christoph»), die für Kinder gezeichnet war, ist der erste Familiencomic (Family Strip). Linke Seite und unten: Die Sonntagsserie «Blondie» (1930), zuerst ein Girl Strip, wurde allmählich zu der Geschichte eines jungen Mannes, der von Vorgesetzten und seiner Frau tyrannisiert wird. Handlung und Details entsprachen sehr genauen Alltagsbeobachtungen, sie paßten sich historischen Veränderungen an.

«Bringing Up Father» (1913) von George McMauns war ein erfolgreicher amerikanischer Family Strip um eine gutsituierte irische Emigrantenfamilie. Der Moral dieser Geschichten, daß Geld nicht alle Probleme beseitigt, konnte sich ein großes Publikum nicht so erfolgreicher Amerikaner zufrieden anschließen. Rechts: «Li'l Abner» (1935) von Al Capp symbolisiert «den» Amerikaner und ist zugleich dessen Karikatur (oben: verfilmt).

Family Strips Die Untergattung fand wie alle anderen ihre entscheidende Entwicklung im amerikanischen Journalismus. Vor allen Dingen sind hier die Beiträge von George McManus zu erwähnen. Er schuf 1904 die häusliche Satire *The Newlyweds*, deren Protagonisten zwei junge gutbürgerliche Eheleute und ihr Unheil stiftender Sohn Napoleon sind. 1913 schuf dieser Zeichner sein Hauptwerk: *Bringing up Father*. Zum Vorbild nahm er ein satirisches Theaterstück, deren Hauptfiguren ein irländischer Einwanderer und seine herrschsüchtige Frau sind. Er hat in der Lotterie gewonnen, sie ist eine ehemalige Plätterin. Dieser Strip macht sich über die häuslichen Laster lustig. Vor allen Dingen lebt er von der autoritären und herrschsüchtigen Figur der Frau, die für das amerikanische Matriarchat steht. Der Typus wird zum festen Bestand fast aller jener Comics, die *Familiy Strips* genannt werden. Von dieser Regel gibt es nur wenige Ausnahmen, so zum Beispiel die englische Serie *Andy Capp* (*Willy Wacker*) von Rex Smythe. Andy ist ein Müßiggänger. Er hat weder unter der Arbeit noch unter der Herrschaft seiner Frau zu leiden. Der Serie war ein außergewöhnlicher

TO ALL
AN'
H' WAY
Y BRUNG
-NEVAH TO REPEAT ONE O' VULGARILLA'S -BLUSH!- STORIES, OR EVEN HUM ONE O'HIS -UGH!- SONGS!!
IF HE'S TELLING THE TRUTH, WE'VE GOT A NEW SUPERSTAR!!
4-10
Capp

Erfolg beschieden, vielleicht weil sie einen für die angelsächsische Gesellschaft ungewöhnlichen Typus präsentiert. Der typischste Family Strip ist aber wahrscheinlich die Serie *Blondie* (1930) von Chic Young. Auch hier finden wir den Mann in der Rolle des Opfers. Seines Zeichens Millionärssohn, wurde er wegen nicht standesgemäßer Heirat enterbt und muß nun ihre Folgen wie jeder andere Normalbürger ertragen.

Die Family Strips spiegeln – wenn auch verzerrt – die Familienbeziehungen, die Zwänge des häuslichen Lebens und den täglichen Kampf ums Leben. Sie sind ein beredtes Zeugnis der Schwierigkeiten, mit denen das städtische Kleinbürgertum in seinem Alltag zu tun hat und all der Vorurteile, die das Eheleben betreffen. Durch ihre weltweite Verbreitung hat diese amerikanische Gattung die Riten und Mythen des *American Way of Life* in ungeheurem Maßstab populär gemacht. Gemeinsam mit den Familiendramen und -komödien aus Hollywood hat sie ihr Teil dazu beigetragen, viele der Sitten und Wertvorstellungen, von denen sie geprägt ist, in der ganzen Welt heimisch zu machen. Archetyp der ländlichen Comics war *Li'l Abner*. Er wurde 1935 von Al Capp begonnen, zu einem Zeitpunkt also, da die amerikanische Landwirtschaft in einer schweren Krise steckte. In spanisch sprechenden Kreisen erlebten die Abenteuer der *Familie Ulises* von Marino Benejam in der Zeitschrift *TBO* großen Erfolg. Es ist ein Zeitdokument, das zeigt, wie eine Kleinbürgerfamilie während der schweren Nachkriegszeit in Spanien mit den Widrigkeiten des Alltags zurechtkommt.

Die Comic-Heldinnen der vierziger Jahre verkörperten häufig den Typ der dynamischen, selbstbewußten Frau, z. B. «Brenda Starr» (unten), links: auch der Film wies diese Tendenz auf, wie der Film um eine Tänzerin mit Joan Crawford.

Girl Strips Meist herrscht in diesen Satiren eine etwas skeptische Auffassung vor. Manchmal klingt auch Zynismus an. Die Institution der Familie wird allgemein als «unvermeidliches Übel» dargestellt. Man nimmt eine letztlich resignierte Haltung gegenüber dem täglichen «Lebenskampf» ein. Diese Comics erfreuten sich größter Beliebtheit bei der weiblichen Leserschaft; sie zog sie den epischen Abenteuern vor. Das quantitative Gewicht dieser Leserschaft hat dann die *Girl Strips* auf den Plan gerufen, deren Hauptfiguren Frauen sind. In dieser Gattung, die gleichfalls großes soziologisches Interesse verdient, ist besonders die Serie *Winnie Winkle* (1920) hervorzuheben. Die von Martin Branner geschaffene Figur ist Sekretärin. Die Besonderheit der Serie besteht darin, daß in ihr die Mode zum Thema wird. Dadurch sollen die Leserinnen verstärkt angesprochen werden. Auch diese Serie reproduziert das matriarchalische Klischee. Winnie ernährt mit ihren Einkünften ihren arbeitslosen Mann. Die Heldin der Serie *Tillie the Toiler* (1921) von Russ Westover war anfangs gleichfalls Sekretärin. Dann stattet sie ihr geistiger Vater aber mit interessanteren Berufen aus. Sie wird Gesellschaftsberichterstatterin und Werbefachmann. Die Gattung des Girl Strips trug nicht nur der weiblichen Leserschaft Rechnung, sondern entsprach auch einem bestimmten Aspekt der gesellschaftlichen Wirklichkeit: der Tatsache, daß nach dem Ersten Weltkrieg in den Städten immer mehr Frauen berufstätig wurden. Auch im Kino setzt sich diese Tendenz durch. In den Filmkomödien wird die neue Weiblichkeit der vierziger Jahre gefeiert. Die Leinwand gehört den jungen emanzipierten Mädchen. Berühmt wurden «Flapper»* Clara Bow und später Joan Crawford, «das junge Mädchen, das sein Leben leben will».

Eine ideale Verkörperung des neuen Frauenbildes ist *Dixie Dugan* (1929), ein Geschöpf des Zeichners John H. Striebel, mit Texten von J. P. McEvoy. Ihre Erlebnisse finden in der bunten Welt des Theaters statt. Die Heldin ist ein Beispiel für den endgültigen Triumph des neuen industriellen Amerika über das puritanische und bibelfeste Amerika der Pioniere. In diese Entwicklungsreihe gehört auch *Brenda Starr* (1941) von Dale Messick. Die feministischen Akzente dieses Comics sind ein Vorgriff auf die späteren radikalen Forderungen von *Women's Lib.* Es sei am Rande bemerkt, daß das Erstarken der Frauenbewegung zeitlich

mit dem Höhepunkt jener Welle von Comics zusammenfällt, die übererotisierte und als sexuelle Objekte fungierende Heldinnen präsentieren (*Barbarella, Jodelle, Valentina* usw.).

Fotoromane In den fünfziger Jahren leistete dieses Riesenpublikum weiblicher Konsumentinnen der Entwicklung des Fotoromans Vorschub. Er ist durch seine sentimentalen und überaus moralischen Figuren eng mit den Frauenzeitschriften verknüpft und eine ikonographische* Variante des Kitschromans. Jahre hindurch waren die *Fotoromane* nichts anderes als fotografierte Girl Strips, wenn auch beschränkt auf eine vordergründige und melodramatische Sentimentalität. Stets ist die Rede von den Mißgeschicken einer jungen anständigen Frau, die schließlich die Liebe eines stattlichen Mannes gewinnt. Unter diesem Aspekt muß der Vergleich zwischen den gezeichneten und fotografierten Girl Strips zugunsten der ersteren ausfallen. Weder die soziale und moralische Entwicklung der Gesellschaft noch den allgemeinen Geschmackswandel hat der traditionelle

* Erklärung der mit * bezeichneten Begriffe siehe Seite 121.

Links: Seit den fünfziger Jahren wurde der Fotoroman besonders bei einer weiblichen Leserschaft zu einer sehr beliebten Gattung der Bilderliteratur. Wie das Umschlagbild links arbeitet diese Literatur stark mit Klischees (schöne, schwache Frauen finden Schutz und Zuneigung eines smarten, kräftigen Mannes). Die Kritik an diesen fotografierten Girl Strips lautet, daß diese keinerlei Veränderung des Zeitgeschmacks, der gängigen Moralvorstellungen oder realer gesellschaftlicher Bedingungen zur Kenntnis nehmen. Vorgefaßte Erwartungen werden nicht in Frage gestellt, sondern immer wieder bestätigt. Rechts: «Jodelle», die Pop-Sexheldin des Franzosen Guy Peellaert aus dem Jahre 1966.

CE MORCEAU N'EST PAS POUR UN TONSURÉ FOUTRE DIEU !!
HHAAA
VOYONS !! OÙ SUIS-JE ?... CE MONSTRE QUI S'EN VA...
JE T'EN PRIE !! SAUVE MOI !!
HÉ LES MECS !! V'LA LA SORCIÈRE !!
DÉCIDÉMENT !! C'EST ASSEZ !!
HÉ LA PETITE ! COMME TU Y VAS !! ... JE TE TENAIS !
JE CROIS QUE JE VAIS PRENDRE MON PIED !
POUSSE UNE PORTE .... LA SALLE DES GARDES ??..

Fotoroman zur Kenntnis genommen. In den letzten Jahren hat sich zwar eine neue Gattung des Fotoromans «für Erwachsene» herausgebildet, der sich häufig durch sadistische und sehr erotische Akzente auszeichnet. Doch gehört er in einen ganz anderen Rahmen als der traditionelle Fotoroman. Deshalb kann nur schwerlich die Rede sein von einer wirklichen Entwicklung des sentimentalen Fotoromans. Er wendet sich an eine einfache und wenig gebildete weibliche Leserschaft, die immer noch in den romantischen Stereotypen lebt, die vor dreißig Jahren entwickelt wurden.

Da die Bilderliteraturen den Gesetzen industrieller Produktion und Vertriebstechnik unterworfen sind, versteht es sich, daß ihre Gattungen streng voneinander getrennt werden. Dies gehört zur Logik ihrer erfolgreichen Kommerzialisierung.

Die Kodifizierung der Familienstrips und der romantischen Fotoromane, die Einhaltung bestimmter erzählerischer Prinzipien ist in der Standardisierung der

Linke Seite: «Saga de Xam» (1967) ist ein intellektueller französischer Comic von Nicolas Devil, dessen anspruchsvolle Zeichnungen Merkmale der Pop-Art aufweisen. Rechts: Der Fotoroman «Satanik» geht auf einen italienischen Comic-Negativhelden zurück. Seinen Erfolg verdankt dieses Romanhaft wahrscheinlich u. a. der Tatsache, daß die Zurschaustellung des weiblichen Körpers in den Medien bis zu den sechziger Jahren noch selten war.

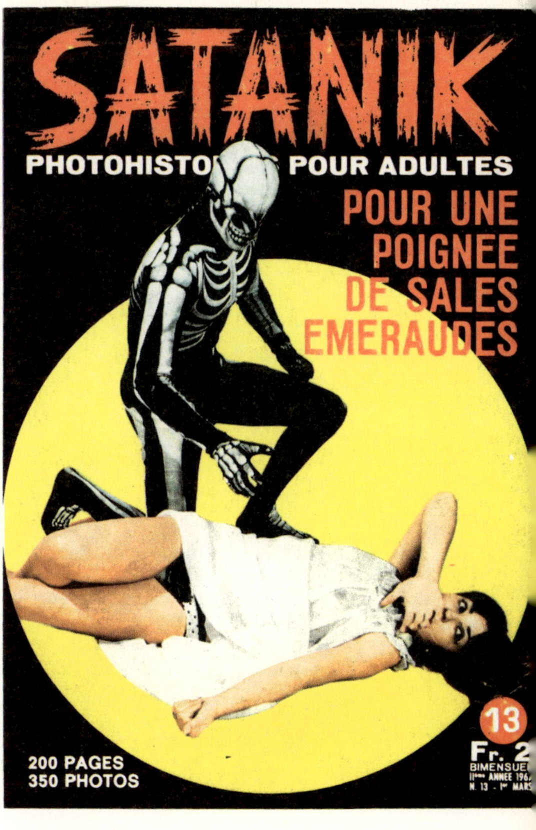

Kulturindustrie selbst begründet. Gleichfalls verantwortlich ist die Selbstzensur dieser Produkte. Sie sind für eine sehr große und unterschiedliche Leserschaft bestimmt. So ist es oberstes Gesetz, sich das treue Publikum bei der Stange zu halten. Es darf nicht schockiert werden, und seinen Überzeugungen ist unter allen Umständen Rechnung zu tragen.

Bei der Standardisierung der Gattungen und der Selbstzensur der Comics haben die amerikanischen Vertriebsagenturen (Syndikate) seit 1915 eine ganz entscheidende Rolle gespielt. Sie nahmen die Zeichner unter Vertrag und boten ihre Comics den Zeitungen an. Bei der Abgrenzung der Gattungen richteten sie sich nach der Aufnahme, die sie auf dem Zeitschriftenmarkt fanden. Sie verkauften sie an Publikationsorgane aller Kategorien und unterschiedlichster ideologischer Ausrichtung. So erreichten sie eine Leserschaft sehr unterschiedlicher Herkunft, ja unterschiedlicher Nationalität.

Sie haben sogar auf dem internationalen Markt für eine gewisse Gleichschaltung gesorgt, indem sie ihre Produkte von allem säuberten, was Leser anderer Länder und anderer Überzeugungen hätte verschrecken können. Aus diesem Umstand erklärt sich nicht nur die äußere Standardisierung der Comics (nach Format, Umfang usw.), sondern auch die thematische Standardisierung konservativer Prägung, die tatsächlich auf eine Selbstzensur der angebotenen Produkte hinausläuft. So kommt es zu der allgegenwärtigen Konservativität, die jahrelang die Bilderliteratur kennzeichnete.

Linke Seite: «Santo, el enmascarado de plata» ist der Held eines beliebten mexikanischen Fotoromans, der von Film und Fernsehen übernommen wurde.
Rechts: «Barbarella» (1968) in der Verfilmung von Roger Vadim mit Jane Fonda in der Titelrolle. Die Comicabenteuer von «Barbarella» (1962), gezeichnet von Gewalt und Sex. Zur Zeit ihrer Erstveröffentlichung setzten sich die Comics nur für Erwachsene oder eine intellektuelle Leserschaft mehr und mehr durch. (1965 fand der erste Comic-Kongreß in Bordighera statt, und 1966 wurden in Italien und Frankreich die ersten Comics-Fachzeitschriften gegründet.) Durch das Einschalten der französischen Polizei erreichten die «Barbarella»-Luxusalben schnell genügend Bekanntheit.

Ziele und Zielgruppen Die ersten amerikanischen Comics, die in den Tageszeitungen erschienen, wendeten sich anfangs an die Leser dieser Zeitungen, das heißt an ein erwachsenes Publikum.

Sie dienten aber schon zu Anfang des Jahrhunderts der Zerstreuung (daher ihr Name). Ihre Helden waren häufig Kinder – in den *Kid Strips*. Zu ihren ersten Lesern gesellten sich deshalb auch die Kinder der Käufer dieser Zeitungen. So hatten die Comics seit ihren Ursprüngen eine sehr breitgestreute und unterschiedliche Leserschaft, die mit dem Publikum der anderen Massenmedien nicht zu vergleichen war. Diese wendeten sich je nach dem Inhalt ihrer Botschaft an eine besondere Zielgruppe.

So bildeten sich bald Unterschiede und Unterarten heraus, je nach den Vorlieben der verschiedenen Leserschaften. Zum Beispiel fanden die epischen Comics mehr Anklang beim männlichen Publikum als beim weiblichen. Das Gegenteil war bei der Mehrzahl der Girl Strips der Fall. Ebenso wenden sich heute die sado-erotischen Fotoromane vor allem an ein männliches Publikum. Die Schaffung unabhängiger periodischer Zeitschriften, der *Comicbooks*, erleichterte und beschleunigte diese Untergliederung in bestimmte Gattungen. Heute lassen sich sehr unterschiedliche Zielgruppen unter den Liebhabern der Bildliteratur ausmachen. Meist richten sie sich nach der gesellschaftlichen Funktion, in deren Dienst die einzelnen Untergattungen stehen. Die erste und augenfälligste Unterteilung, die der Markt erkennen läßt, ist der Unterschied zwischen «Comics für Kinder» und «Comics für Erwachsene». In der ersten Gruppe muß man noch einmal nach dem Alter der jugendlichen Leserschaft unterscheiden: so gibt es Comics für kleinere Kinder, Comics für Jugendliche usw. Bei der Bildliteratur für Erwachsene faßt man gewöhnlich all jene Serien zusammen, in denen es vor allen Dingen um Gewalt und Sex (*Sex and Crime*) geht. Die Zahl dieser Comics nahm in den sechziger Jahren sehr rasch zu.

Erstes Beispiel der letztgenannten Gattung waren die originellen interplanetarischen Abenteuer von *Barbarella* (1962) in Frankreich. In den Vereinigten Staaten waren es die Erlebnisse der *Phoebe Zeit-Geist* (1966). Diese beiden Heldinnen bereiteten der umfangreichen phantastisch-erotischen Literatur unserer Tage den Weg.

Eine andere Strömung der Erwachsenen-Comics entstand 1962 in Italien: der Schwarze Comic. Er hat sich aus den Kriminalromanen und Spionagefilmen entwickelt, wobei er allerdings die sadistischen Elemente besonders betont. Zu dieser besonderen Gattung gehören: *Diabolik* (1962) von den Schwestern Angela und Luciana Giussani; *Kriminal* (1964) mit den Texten von Max Bunker (Luciano Secci) und gezeichnet von Magnus (Robert Raviola) und *Satanik* (1965), ein Werk derselben Autoren. Der enorme Erfolg dieser recht abstoßenden Gattung spricht Bände. Es ist sicherlich kein Zufall, daß er in der konservativen und katholischen Gesellschaft Italiens stattfand, wo sich starke kollektive Verdrängungen bemerkbar machen. Der Erfolg ermutigte die Verlage, zur fotografischen Erzählung überzugehen. Es fing damit an, daß man *Satanik* zum Fotoroman machte (1962). Dadurch wurden die erotischen Elemente stärker hervorgehoben. Man profilierte groben Naturalismus der Fotografie. Diese erotische Tendenz erreichte ihren Höhepunkt in Dänemark. 1969 wurde die Pornographie dort gesetzlich liberalisiert. Es entstanden ungeschminkt pornographische Fotoromane, wie zum Beispiel *Week-end Sex*.

Eine Art der Gliederung bei den Comics, die gelegentlich mit der vorstehenden verwechselt wird, ist derjenige zwischen «einfachen Comics» und «Comics für gehobene Ansprüche». Nach dieser Unterscheidung stehen den einfachen Comics experimentelle und avantgardistische Serien gegenüber, die sich an eine gebildete Leserschaft wenden. Zu ihnen gehören die Werke des Italieners Guido

Crepax (z. B. *Bianca Torturata*, 1968/69) oder auch das Album *Saga de Xam* (1967) von Nicolas Devil. In diesen Werken verbindet sich die Freizügigkeit der Comics für Erwachsene mit dem deutlichen Bemühen, die Darstellungsmittel der Comics experimentell zu erproben. Häufig werden die einen wie die anderen in Form von Alben veröffentlicht. Sie sind dann meist nur für einen kleinen Leserkreis erschwinglich. Diese Einschränkung gilt dagegen nicht für die sogenannten *Underground Comics*. Es sind Erzeugnisse der Gegenkultur der studentischen Jugend in Amerika aus den sechziger Jahren. Trotz ihrer bilderstürmerischen und respektlosen Haltung gegenüber traditionellen Werten und Moralvorstellungen sind sie den «Comics für gehobene Ansprüche» zuzurechnen. Sie werden billig vertrieben, obgleich ihre Zielgruppe im Grunde genommen nur Intellektuelle sind.

Nach allem, was gesagt wurde, versteht sich, daß die Bilderliteraturen vielfältigen und sehr unterschiedlichen sozialen Funktionen dienen. Sie reichen von der traditionellen Unterhaltung, der einfachen Zerstreuung, wie sie die gedruckten Träume bieten, bis zu dem Bestreben, zu provozieren und ideologisch zu wirken, das die Comics der Gegenkultur kennzeichnet. Selbst für pädagogische Zwecke wird die Gattung nutzbar gemacht.

So hat die «Assoziazione Italiani per l'Educazione Demografica» ein Beispiel der Nutzbarmachung des Fotoromans für die Volkserziehung gegeben. Die Institution hatte festgestellt, welch großer Beliebtheit die sentimentalen Fotoromane bei der weiblichen Leserschaft Italiens besaßen. So hatte sie 1974 damit begonnen, solche Kitschromane in Bildern zu veröffentlichen. Dort fanden die Mißgeschicke der Heldin in ihrer Beziehung zu Männern dank der Anti-Baby-Pille stets eine Lösung. Durch sie gelang es ihr, ihrer Ängste und Unsicherheit in ihren sexuellen Beziehungen Herr zu werden. Bekannte Schauspieler und Schauspielerinnen, die von diesem Projekt begeistert waren, haben daran mitgewirkt. Sie haben für die Fotoromane posiert und dank ihrer bekannten Namen und Gesichter erheblich zum Erfolg dieser Kampagne beigetragen.

...SOMETIMES I FEEL LIKE A MOTHERLESS CHILD........ SOMETIMES I FEEL... HMM...
58
...QUESTO NON ME LO LASCIO SCAPPARE. CHE SERVIZIO STUPENDO!...
«UN RINO CERONTE NERO PASCOLA CON I TIMIDI STRUZ
ZG
CLICK!
FERMO, EH... PACHIDERMA!
ZG...CLICK!
SMACK
OH!
EHI, M COSA LE PIGLIA E' IMPA ZITO?!
SDRSH
O! MA DOVE!

Sprache der Comics

Symbolsprache von Zeichnung und Fotografie Der grundsätzliche Unterschied zwischen Comic und Fotoroman ist in der Standfotografie zu sehen. Diese Unterscheidung ist aus ästhetischen Gründen sehr wichtig. Die Fotografie ist an den Naturalismus ihrer Bilder gebunden, während die Zeichnung größere Freiheit besitzt. Sie ist zu unerhörten und phantastischen Bildern fähig, die in ihren Verzerrrungen häufig an die Karikatur grenzen. Durch die Zeichnung werden auch erst die symbolischen Konventionen möglich, die der Comic-Sprache eigen sind. So bedeutet die Zeichnung eines Herzens über dem Kopf einer Comic-Figur, daß sie von Liebe ergriffen ist, während Bewegungslinien (*Speed Lines*) die Ortsveränderungen eines Körpers andeuten. Besondere Erwähnung verdient hier der technisch überaus raffinierte mexikanische Fotoroman *Santo, l'homme auf masque d'argent* (1960). Er wurde vom Kino und Fernsehen übernommen. Seine Personen sind fotografiert, agieren aber vor einem gezeichneten Hintergrund. Dadurch können die Szenen frei gewählt und die Produktionskosten gesenkt werden. Wenn man einmal von dem grundsätzlichen Unterschied der Beschaffenheit ihrer Bilder absieht, richten sich die Erzählstrukturen der Comics und Fotoromane nach sehr ähnlichen Konventionen, wenn sie nicht sogar identisch sind. Sie werden nach analogen Verlagsprinzipien vertrieben. Die Comics sind auch in ihrer modernen Form älter als die Photoromane. Aber die Tradition der ikonographischen Erzählung* ist weit älter als die der Comics. Sie läßt sich zurückverfolgen bis zu bestimmten ägyptischen Papyri. Der Höhepunkt solcher Erzählungen fiel ins 18. Jahrhundert, als die Brüder Pellerin ihre Epinalbilder schufen. Von ihnen leiten sich die *Aleluyas* (frommen Bilder) her, die Bildergeschichten und die Bildtafeln der Bänkelsänger, in denen von Verbrechern oder Wundern die Rede ist, aber immer in Form von Bildreihen. Nach diesen fernen Vorfahren ist vor allem Rudolphe Toepffer (1799–1846) zu nennen, der unvergessene Vorläufer unserer heutigen Comic-Autoren. Er ist Sohn eines hervorragenden Landschaftsmalers und wurde in Genf geboren, wo er auch starb. Es sei festgehalten, daß er sich als talentierter Schriftsteller und Pödagoge auch als erster Gedanken über die Aufgabe der Comics gemacht hat. Vor allem aber hat er eine Reihe von mit Texten versehenen Zeichenalben geschaffen, die noch von keinem Comic übertroffen wurden: *Monsieur Jabot* (1833), *Monsieur Crépin, Monsieur Vieux-Bois* (beide 1837), *Monsieur Pencil* (1840), *Monsieur Cryptogame* (1846). Jede Seite dieser acht länglichen Alben enthält eine Reihe von Zeichnungen mit Untertiteln. Anzumerken ist, daß diese Untertitel handschriftlich sind. Dadurch scheint sich die Spontaneität des Autors auf den Text zu

Guido Crepax ist bekannt dafür, daß er als erster die Technik der Kameraeinstellung nachvollzog, er zerlegte seine Bilder und verstärkte durch «Großaufnahmen» handlungsstarke Momente. Diese Momentaufnahmen aus unterschiedlichen Perspektiven geben besonders deutlich Aufschluß über Motive und Handlungsweisen der dargestellten Personen.

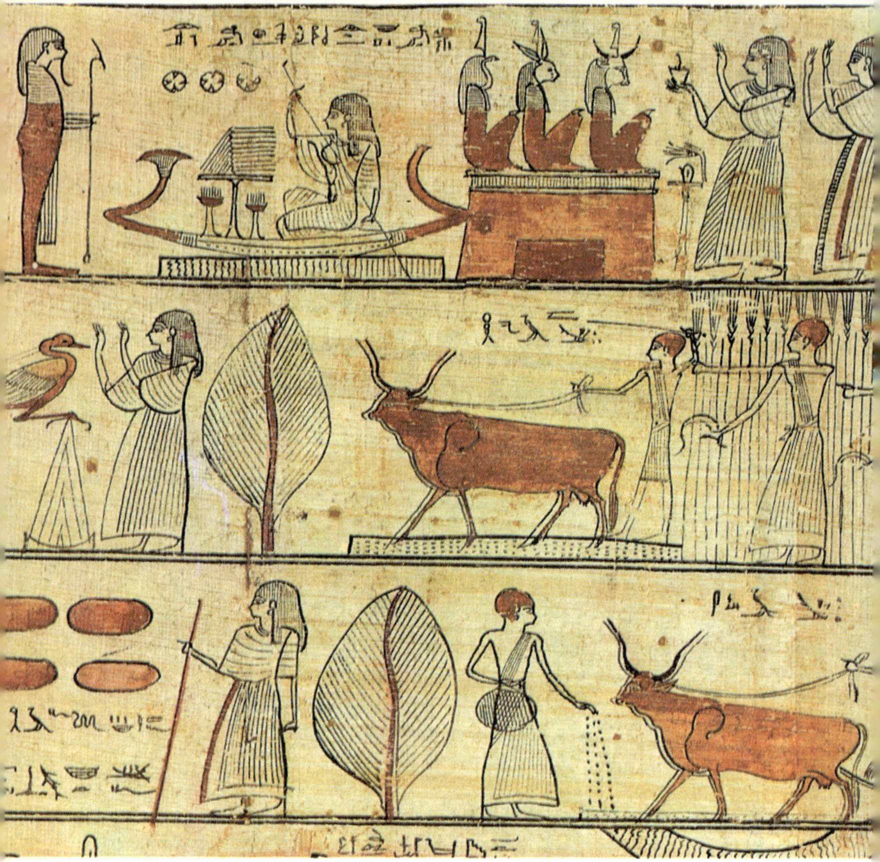

übertragen. Die Anordnung der Bilder weist bereits jene wechselnden «Kameraeinstellungen» auf, die die modernen Zeichner dem Kino abgeguckt haben. Toepffer hat sie aber aus sich allein geschöpft. Manche der schmalen Bilder sind nicht breiter als drei oder vier Zentimeter, während andere neben ihnen mehr als die halbe Seite einnehmen. Diese Bilder folgen einem sehr subtilen Kompositionsrhythmus. Die Kraftlinien, die über die graphische Lektüre bestimmen, sind deutlich erkennbar. Eigentlich ist in diesen Alben schon alles vorhanden – bis auf die Sprechblasen und die Lautmalereien, die es noch zu entdecken galt. Auf vielen Seiten begegneten uns auch ausgesprochen surrealistische Bilder. Die Zeichnung selbst, die von einer sehr ausgeprägten Persönlichkeit kündet, ist an den Venizianern des 18. Jahrhunderts (Ghezzi) und jenen englischen Karikaturisten geschult, die um 1800 wirkten (Cruikshank, Rowlandson usw.). Seine Texte

Die Ägypter benutzten Bildsymbole und Hieroglyphen, um historische Berichte, Briefe, Gesänge und Gebete abzufassen (etwa 7. Jahrhundert v. Chr.). Während also die ägyptischen Bilderzählungen in erster Linie einen praktischen und traditionellen Sinn hatten, dienen die meisten unserer Bilderreihen und Comics der Unterhaltung.
Auch die Bildtafeln der Bänkelsänger werden in der Geschichte der Comics häufig als deren Vorgänger bezeichnet. Sie dienten einem Publikum zusätzlich zu dem Gesang als bildliche Information, im wesentlichen aber zu dessen Unterhaltung.

zeugen von seltenem Humor und bissiger Ironie mit unvergleichlichen Anklängen an Swift und Voltaire.

Nicht nur, daß man dem Witz und Gag* auf Schritt und Tritt begegnet, sondern auch die Themen sind schon im wesentlichen jene, die den Family Strip des 20. Jahrhunderts auszeichnen: Familien- und Gesellschaftssatire («Hatte man vor 89 Hunger? Nein; haben wir Hunger, die wir die Treue gehalten haben? Nicht im geringsten!» sagt Monsieur de Pibrac). Auch die Kritik an der (nicht fiktiven) Wissenschaft ist schon vertreten: Denken wir an *Satellite* in *Monsieur Pencil* mit seinen angenommenen Einwohnern mit ihren «wahrscheinlichen Sitten, ihren möglichen Gewohnheiten und ihrer denkbaren Kultur», «die Wirkungen auf die Ursachen zurückführen», «eine zu große Quantität von Induktionsschlüssen und Hypothesen» usw. Das alles bezieht sich auf Nichtigkeiten, ganz zu schweigen von *Mémoire sur un vent souterrain tout nouveau*.

Man könnte ein ganzes Buch über diesen genialen Vorläufer schreiben, ebenso über Callot oder Hogarth (der schon im 18. Jahrhundert lebte). Ihrer sei hier mit Anerkennung und Hochachtung gedacht.

Witzzeichnungen in den Sonntagsbeilagen Doch, wie bereits gesagt, wurden die Comics in ihrer modernen Gestalt von der amerikanischen Zeitschriftenindustrie geschaffen. Genauer, sie wurden zuallererst in den Sonntagsbeilagen der New Yorker Presse veröffentlicht. Diese Beilagen präsentierten den Lesern an ihrem Ruhetag gemischte und zerstreute Inhalte, darunter auch die ersten Geschichten von *The Yellow Kid*, den R. F. Outcault erfand. Das blieb lange Jahre hindurch die Erscheinungsweise der Comics. Jede Sonntagsbeilage enthielt ihren farbigen Comic-Teil, in der die einzelnen Serien eine halbe bis eine ganze Seite einnahmen. In dieser Anfangsphase waren die Comics alle heiteren Charakters. Eigentlich waren sie nur eine Ausweitung des gezeichneten Witzes. Die abenteuerliche Gattung gab es noch nicht. Jede Serie schilderte eine komplette Episode, und das hieß bei diesen humorvollen Comics, daß es sich in Wirklichkeit um einen Gag handelte. 1910, als der Episodenfilm in Frankreich begann, führte der Zeichner Harry Hershfield mit *Desperate Desmond* die Struktur der Fortsetzungsepisoden ein (eine Technik, die für den epischen Comic typisch werden sollte). Dadurch konnte man jene romanhaften Verwirklichungen schaffen, die man aus der volkstümlichen Literatur übernahm. Die Technik der Fortsetzungs-

Links: Die Breite Leserschaft von Outcaults «Yellow Kid» bestand zum großen Teil aus Einwanderern, die auf Grund ihrer fehlenden Sprachkenntnisse die einfachen Bilderzählungen leichter verstehen konnten. Trotz des anfänglich großen Anklangs, den «The Yellow Kid» fand, wurde er wegen seines stark sozial-kritischen Charakters bald wieder abgesetzt.

erzählung hatte man schon im 19. Jahrhundert für den Zeitschriftenroman verwendet. Viele Jahre vergingen noch, bis sich der tägliche Comic Strip durchsetzte. Zwar hatte man schon 1904 auf den Seiten des *Chicago American* den Versuch gemacht, täglich einen Comic zu veröffentlichen, ohne jedoch Erfolg zu haben. Dies gelang erst 1907 auf den Sportseiten des *Francisco Chronicle* mit der aus dem Rahmen fallenden Serie *Augustus Mutt*. Sie spielt im Milieu des Pferderennsports und wurde von dem Sportzeichner «Bud» Fisher geschaffen. Wieder dauerte es, bis sich diese Gewohnheit in Europa durchsetzte. Erst 1921 erschien mit der Serie *Pop* ein täglicher Strip in England. Er wurde von John Millar Watt für den *Daily Sketch* gezeichnet. In Frankreich geschah dies erst 1934 mit der komischen Serie *Professor Nimbus* von A. Daix. Diese Serien waren werktags im Unterschied zu den Sonntagscomics schwarzweiß: Gewöhnlich handelt es sich pro Ausgabe um eine Folge von drei bis fünf Bildchen. Sie sind in waagerechter Lesrichtung angeordnet und finden sich bei «Unterhaltung», Witzen, Spielen usw. Die komischen Strips bieten eine komplette Episode und unterscheiden sich hinsichtlich ihrer Struktur von den Abenteuerserien, die meist mit den Worten «Fortsetzung folgt» schließen.

Comicbooks, ein eigenes Medium Die Comics begannen an dem Tage ein von den Tageszeitungen unabhängiges Leben zu führen, als man mit dem Vertrieb von *Comicbooks* (Comicbüchern) begann. Die ersten dieser Bücher entstanden 1929 und trugen den Titel *Funnies*. Es handelte sich dabei lediglich um

Cartoonist und angesehener Literat, kreierte die Figur «O. Jacobson». Hier einer seiner Witze ohne Worte. Bei immer gleichbleibender Perspektive liegt die Wirkung in der Mimik und Gestik der kleinen Figur. Feiffer ist vor allem durch seine politischen Karikaturen bekannt geworden, z. B. durch «Hostille-Man» (1965), Feiffers Antiheld während der Zeit der Superhelden.

THE ADVENTURES OF PHOEBE ZEIT-GEIST
Précis: IMPENDING DOOM: THE EARLY YEARS
written by MICHAEL O'DONOGHUE - drawn by FRANK SPRINGER
42
Z-G 1
Wealthy 24 year old sophisticate, Phoebe Zeit-Geist...
daughter of a Serbian aristocrat...
raised in Northern Tibet...

Neudrucke von Strips, die bereits in Zeitungen und Zeitschriften erschienen waren. Während der großen Depression anfang der dreißiger Jahre wurden die Comicbooks als Werbegeschenke benutzt. Das war aber schon bei *Famous Funnies* (1934) nicht mehr der Fall. Nach Erscheinen von *New Fun* (1935) wurden Arbeiten veröffentlicht, die speziell für diese Erscheinungsform angefertigt worden waren. Den endgültigen Erfolg feierte die Gattung aber erst in der zweiten Hälfte des Jahrzehnts. Den Durchbruch der Comicbooks brachten die Abenteuergeschichten: *Detective Comics* (1937), *Action Comics* (1938), *All Star Comics* (1940) und andere. Diese Erscheinungsform fand während des Zweiten Weltkrieges große Verbreitung, da sie die Lieblingslektüre der amerikanischen Soldaten waren. Alle Episoden einer Geschichte wurden in ihr vereinigt. Sie wiesen Heftform auf, waren außen und innen farbig gestaltet und maßen 25 x 17 cm. Diese Comicsbooks sind von der europäischen Industrie übernommen worden und dort unter der Bezeichnung Comic-Hefte oder Alben auf den Markt gekommen.

Barbarella und Phoebe Zeit-Geist in Liebhaberausgabe Eine junge Abwandlung des Comicbooks ist das Luxusalbum in Liebhaberausstattung. Es ist den erotischen Abenteuern der neuen «hypersexuellen» Heldinnen der Comics

Linke Seite: «Phoebe Zeit-Geist», die erotische Heldin von dem Zeichner Frank Springer. Ihre Geschichte erschien 1964, wie die der «Barbarella», abgeschlossen in der «Evergreen Review». Es ist der erste Comic mit fast naturalistischen Zeichnungen, die vor allem von Frauen bevorzugt waren. Der Text erschien als Bildunterschrift. Rechts: «Action» ist gefragt. Nach dem Vorbild des Films werden durch wechselnde Perspektiven Mimik und Gestik scheinbar eingefangen. Speedlines (Bewegungslinien) heben die Aktivität der handelnden Personen (ähnlich wie die Crepax) noch hervor.

Links: Der Erfolg der «Peanuts» läßt sich sicher aus der gelungenen Kombination von heiter-ironischen Texten und ausdrucksvollen Zeichnungen erklären. Charles M. Schulz hat echte «Typen» geschaffen, die sich in ihrer liebenswert-altklugen Art mit den täglichen Mißgeschicken abplagen.
Rechte Seite: Die Gegenüberstellung von Foto und Zeichnung zeigt, daß der Zeichner mit Speedlines, verwischten Konturen und Lautmalerei den Eindruck von Aktion und Geschwindigkeit oft besser vermitteln kann als der Fotograf.

für Erwachsene vorbehalten. Eines der ersten Alben dieser Art war *Barbarella* (1964). Dabei hat man einfach Material zusammengetragen, das zuvor in der Revue *V Magazine* veröffentlicht wurde. Das gleiche gilt für die Abenteuer der schönen *Phoebe Zeit-Geist*, die zuerst in der *Evergreen Review* erschienen. In diesen Fällen handelt es sich um sehr sorgfältige, künstlerisch sehr anspruchsvolle Ausgaben. Deshalb liegt ihr Preis erheblich höher als der des normalen Comicbooks. Ihr Abnehmerkreis ist entsprechend klein.

Der Fotoroman entstand, als sich das Comicbook in den westlichen Ländern bereits durchgesetzt hatte. Er hat dieselbe Gestalt, obwohl er meist etwas großformatiger ist, weil die Fotos mehr Platz beanspruchen. Von dieser Erscheinungsweise abgesehen, die wir vor allen Dingen in romanischen Ländern finden, ist daran zu erinnern, daß die Fotoromane in den konventionellen Frauenzeitschriften veröffentlicht werden.

Optische und verbale Sprache Comic wie Fotoroman beruhen auf der Verbindung zweier sehr unterschiedlicher Sprachen, der optischen und der verbalen. Im Medium (auf dem Papier) verschmelzen zwei unterschiedliche Informations- und Kommunikationsströme: die optische Wahrnehmung und die verbale Botschaft (man könnte sogar die akustische sagen). Noch sind die anderen Sinnesmodalitäten ausgeschlossen (Geruchs-, Wärmeempfindungen usw.). Wie lange noch?

Bekanntlich steht das graphische Zeichen zur Realität, die es repräsentiert, in einer weit konkreteren Beziehung als das verbale Zeichen. Die Töne können auf das bezeichnete Wesen oder den betreffenden Gegenstand verweisen, aber die optische Wiedergabe kann bildlich vor Augen führen. Diese liefert also im allgemeinen eine vollständigere Information.

Links: Die Figur der Bretonin «Bécassine» von Jean Pierre Pinchon entstand nach einem Muster von Rudolphe Töpffer (1799–1846). Er galt rund fünfzig Jahre als Vorbild für die europäischen Comics. Seine Texte waren nicht in die Zeichnung integriert, sondern standen darunter. Diese einfache Darstellung erlaubte im Vergleich zu den heutigen Comics mehr Phantasie... Darunter: Ein typisches Beispiel für einen «Dream-Balloon». Die Denkblase verdeutlicht, was die Person träumt oder denkt und macht es möglich, zwei verschiedene Geschehnisse in einem Bild zu kombinieren. Rechte Seite: Charles M. Schulz' Zeichnungen wirken durch die Lautmalerei nicht nur optisch, sondern fast phonetisch.

In den Comics wie in den Fotoromanen sind beide Botschaften (die graphische und die verbale) in das Bild integriert. Sie verbinden sich auf der Oberfläche des Papiers im einzelnen Bild zur kleinsten Bedeutungseinheit der Erzählung. Im Ablauf der Bildererzählung gewinnt das einzelne Bild also im Akt des Lesens eine zeitliche Dimension, die es an sich nicht besitzt. Diese Dimension erwächst aus der abgebildeten Handlung, der der Leser dank seiner Phantasie eine reale Dauer zuschreibt. Einen noch wichtigeren Beitrag zum Aufbau dieser zeitlichen Dimension leisten die Dialogtexte. Der Leser setzt bei ihrer Lektüre voraus, daß sie sich in dem Zeitraum abwickeln, der im Bild dargestellt ist.

Jedes Bild wird zuallererst von seinem Rahmen definiert. Darunter ist die Begrenzung des dargestellten Raums zu verstehen. Zu seiner Kennzeichnung bedient man sich auch im Hinblick auf die Comics und Fotoromane der cineastischen Terminologie: *Großaufnahme* (wenn die Einzelheit einer Person oder eines kleinen Gegenstands das ganze Bild einnimmt); *mittlere Einstellung* (wenn eine Person zur Hälfte gezeigt wird); *amerikanische Einstellung* (wenn die Person vom Bildrand in Höhe der Knie abgeschnitten wird) und *Totale* (wenn man Personen ganz zeigt). Abgesehen vom zweidimensionalen Raum des Rahmens, enthält das Bild auch noch einen perspektivischen Raum, der dem Zeichner die «Tiefenkomposition» der Personen gestattet.

Die einzelnen Bilder können sehr unterschiedliche Formen annehmen. Allerdings sind sie dank des industriellen Bedürfnisses nach Standardisierung fast alle rechteckig. Diese Einzelbilder sind die Montageeinheiten, aus denen sich die Erzählung zusammensetzt. Sie werden von links nach rechts gelesen, wie es der abendländischen Lese- und Schreibgewohnheit entspricht. Diese Lesart prägt auch die Komposition des einzelnen Bildes: die Elemente links oben bezeichnen,

was vor der Handlung passierte, während die Elemente rechts unten angeben, was nach der Handlung geschieht. Der Leser muß also auch beim Betrachten des einzelnen Bildes die verschiedenen Redebeiträge von links oben nach rechts unten zur Kenntnis nehmen.

Symbolische Konventionen Die Sprache der Comics und Fotoromane beruht auf einem sehr komplexen Zeichensystem. Der Leser erwirbt es von Kindesbeinen an und macht sich nicht immer klar, daß er sehr künstliche Zeichenkonventionen benutzt. Auch die Kinosprache ist eine Konvention, soweit es die Integration optischer und akustischer Zeichen angeht. Allerdings ist diese Konvention weit naturalistischer. Denn der Schauspieler auf der Leinwand öffnet seinen Mund, um zu sprechen. Was er sagt, wird wie in der Wirklichkeit verstanden. Die Comics und Fotoromane dagegen sind stumm. Den Dialogen der Personen fehlt es an akustischer Realität. Sie erscheinen als Schriftbild in den Feldern, die «Blasen» genannt werden (*balloon* im Englischen). Ausmaß und Form können sehr unterschiedlich sein. Tatsächlich handelt es sich nur um eine Weiterentwicklung der Spruchbänder, die man auf manchen mittelalterlichen Bildern sieht. Bei der Blase ist zwischen ihrem Umriß (der «Form») und den Zeichen zu unterscheiden, die sie einschließt (dem «Inhalt»). Die Form ist nicht einfach ein neutrales Gefäß, da der Inhalt je nach der gewählten Gestalt näher bezeichnet wird:

Sprech- und Denkblasen Wird die Blase mit Sägezacken ausgestattet, kann dies bedeuten, daß die Äußerung sehr laut erfolgt oder daß der Sprecher zum Beispiel wütend ist. Es kann kaum überraschen, daß die Comics, die sich des gezeichneten Bildes bedienen und auf die entstellte Sprache der Karikatur zurückgreifen, antinaturalistischere Bildkonventionen als der dem fotografischen Realismus verpflichtete Fotoroman entwickelt haben. So hat sich der Sprechblase, die ursprünglich nur die wörtliche Rede der Personen vermittelte, später noch die Denkblase (*Dream-Balloon*) hinzugesellt. Die Denkblase zeigt an, was die Person träumt oder denkt. Sie entstammt einer ikonographischen Tradition, die in der religiösen Malerei sehr verbreitet ist (dort werden die himmlischen Offenbarungen dargestellt). Die Gedankenblase hat im allgemeinen die Form einer Wolke. Sie unterscheidet sich nicht besonders von den Blasen, die für den Dialog verwendet werden, nur daß der Schwanz (oder das umgekehrte Dreieck) durch eine Reihe kleiner Bläschen oder Perlen ersetzt wird. Sie beschreiben von der Denkblase zum Denkenden eine unterbrochene, «immateriell» erscheinende Linie, die dem Ganzen einen etwas verschwommenen Charakter verleiht.

boom, crash, zack, zisch, wumm Ein wichtiges Kapitel der verbalen Comic-Sprache sind die lautmalenden Wörter. Sie treten außerhalb der Blasen auf und besitzen zusätzlichen graphischen Aussagewert. Es sind Phoneme, die dem Leser das Geräusch, das eine Handlung, ein Apparat oder ein Tier hervorruft, suggerierten. Diese Konvention der Comics hat einen doppelten Wert: einen graphischen und phonetischen. Die in den Comics verwendeten lautmalenden Wörter stammen meist aus dem englischen, das sehr reich an lautmalerischen Substantiven und Verben ist: *to ring* (klingeln), *to click* (klicken, knippsen), *to crack* (krachen, knacken), *to knock* (klopfen, schlagen), *to boom* (explodieren) usw. Der graphische Wert, den diese Phoneme gewinnen, wenn sie außerhalb der Blasen manchmal große Teile des Bildes einnehmen, macht ihre Übertragung praktisch unmöglich.

Das gilt ganz und gar nicht für die Texte innerhalb der Blasen, die sich für Ausgaben in nicht englisch sprechendem Ausland natürlich übersetzen lassen. Obwohl manche Buchstaben und Lautkombinationen vielen europäischen Lesern exotisch oder barbarisch vorkommen müssen, nehmen sie die amerikanischen Wortmalereien in den Comics hin. Es gelingt ihnen sogar, sie annähernd richtig zu lesen, da die dargestellte Handlung ihre eigene akustische Aussagekraft besitzt. So sind diese lautmalenden Wörter auch von vielen europäischen Zeichnern übernommen worden und besitzen heute universelle Aussagekraft.

So sind die englischen Phoneme ebenso Teil des internationeln Comic-Codes geworden wie die visuellen Metaphern. Diese Metaphern sind entwickelt worden, um den Seelenzustand der Personen mit Hilfe graphischer Zeichen auszudrükken. Ihre Wirkungsweise ist metaphorischer oder metonymischer* Natur. Zu

Innere Handlungen werden in den Comics häufig durch Bildsymbole gekennzeichnet. Die plötzlich aufgetauchte «IDEA» wird im nächsten Bild graphisch dargestellt. Die Gedankenverbindung ist ein Pfeil zwischen den beiden Bildern.

diesen Konventionen gehören: das Fragezeichen über dem Kopf einer Person, um ihre Verwirrung auszudrücken, die Glühbirne, um anzuzeigen, daß der Person «ein Licht aufgeht», die «Sterne», wenn jemand einen Schlag erhalten hat, das Stück Holz und die Säge (deren Klang ja bekanntlich an Schnarchtöne erinnern), um den Schlaf darzustellen, das Herz als Symbol der Leidenschaft usw. Viele dieser Zeichen sind einfach Metonyme, die aus der gesprochenen Sprache übernommen wurden. «Sterne» sehen, einen «Balken zersägen» (für Schnarchen), mir geht «ein Licht auf», die enge sprachliche Assoziation von Liebe und Herz usw. Es gibt noch weitere Beispiele für diesen Bestand an Übereinkünften, wenn zum Beispiel jemand Kröten und Schlangen ausspeit, heißt das, daß er anstößige Reden führt. Es ist ein typisches Ergebnis der gesellschaftlichen Zensur, ebenso wie das Herz der zensierte und poetisch verbrämte Ausdruck der sexuellen Leidenschaft ist.

Speed lines Die kinetischen Zeichen sind ein Sonderfall. Es sind die graphischen Konventionen, die verwendet werden, um die Bewegung von Gegenständen vorzutäuschen. Eine gepunktete Linie gibt zum Beispiel die Flugbahn eines Geschosses wieder, parallele Linien bezeichnen den Weg, den ein Körper in rascher Bewegung zurücklegt; dank dieser beredten und expliziten Zeichen erhält man «Bewegungsspuren». Diese Konvention wurde in Reaktion auf die statische Beschaffenheit graphischer Zeichen geschaffen. Die Comics sind ja fast immer gezwungen, eine bewegte Wirklichkeit abzubilden. Wahrscheinlich wurden sie

Links: Hier verdeutlichen die lautmalenden Phoeme eine gewalttätige Situation. Die brutale Aussage dieser Zeichnung geht gleichermaßen von der graphischen wie von der phonetischen Darstellung aus.
Rechte Seite: Die Lautmalereien «bang, clang, bong» vermitteln zusätzlich zur Zeichnung den Eindruck von lautstarkem Getöse. Die Comics über den hier abgebildeten jugendlichen Abenteurer «Tintin» («Tim und Struppi») wurden von Hergé gezeichnet und 1946 in einer Jugendzeitschrift herausgebracht.

jener Technik abgelauscht, die man «bewegtes Foto» *(photo mobile)* nennt. Diese kinetischen Zeichen werden sehr häufig in Abenteuercomics verwendet, wo es, wie zum Beispiel in der Serie *Captain America*, häufig zu sehr übertriebener Dynamik kommt.

Begrenzte Möglichkeiten der Standfotos Viele der Symbole aus der Comic-Sprache wurden von den Fotoromanen nicht übernommen. Die Konvention der Comics und die der Fotoromane sind auch psychologisch und ästhetisch nicht miteinander vergleichbar. Die visuelle Metonymie, derzufolge die Helden der Abenteuercomics physisch ansprechend sind und die Bösen abstoßend dargestellt werden, wurde in den Fotoromanen beibehalten. Ihr begegnet man ja auch im Kino. Allerdings besitzt der Zeichner eine unbeschränkte Freiheit, um körperliche Archetypen zu erschaffen. Der Filmregisseur ist ebenso wie der Autor des Fotoromans gehalten, bei der körperlich-moralischen Nachbildung der Drehbuchfiguren von wirklichen und lebendigen Schauspielern auszugehen. Seine Manipulation beschränkt sich auf Schminke, Frisur, Kostüm. Mit ihnen werden moralische Qualitäten bezeichnet: so macht die Heldin des Fotoromans einen sanften, schamhaften und ehrbaren Eindruck, während ihre Rivalin gewöhnlich als frivol und schamlos dargestellt wird. Diese Vorstellungen werden mit Haltung, Mimik, Schminke und Kleidung zum Ausdruck gebracht.

Bildmontage Die Analogie in der Sprache von Fotoroman und Comic ist hinsichtlich der Erzählstruktur sehr weitreichend. In beiden Fällen ist eine Bildfolge maßgebend. Diese Bilder werden von links nach rechts und von oben nach unten

aneinandergereiht und einander gegenübergestellt, wodurch sie sich zur Erzählung fügen. Diese Gegenüberstellung, diese Montage von Bildern, von denen jedes einen winzigen Ausschnitt aus dem Raum-Zeit-Kontinuum der Erzählung darstellt, beruht auf dem Prinzip der Ellipse*, das heißt auf der Auslassung von räumlich-zeitlichen Zwischenstücken, die für die Erzählung von nur sekundärem Interesse sind. Im Idealfall einer vollständigen Kontinuität würden sie zwei aufeinanderfolgende Bilder miteinander verbinden.

Die Verknüpfung eines Bildes mit dem nächsten kann der Logik gehorchen oder ganz willkürlich sein. Formen logischer Verknüpfung sind: *Raumverknüpfungen* (aufeinanderfolgenden Bildern sind Räume zu sehen, die als benachbart kenntlich sind); *«Blenden»* (die vom Film übernommen wurden; allmähliche Veränderung der Lichtverhältnisse in aufeinanderfolgenden Bildern); die Texte innerhalb des Bildes, die seinen Inhalt erläutern, den Zusammenhang erklären oder den Kommentar des Erzählers aufnehmen sollen); *Textfelder* (Texte, die zwischen zwei einander folgenden Bildern stehen; sie entsprechen den Untertiteln im Stummfilm), und die *«Stimme von draußen»* (Wiedergabe einer Äußerung, die von einem nahe liegenden Ort kommt, der im folgenden oder vorhergehenden Bild gezeigt wird).

In der Filmtechnik würde ein Filmschnitt dem Zuschauer sagen, daß die Schauspieler sich in einem Raum des vorher dargestellen Hauses befinden. Ein Comic-Leser sieht beide Orte der Handlung gleichzeitig. Die miteinander verbundenen Sprechblasen zeigen hier, daß sich der Sprecher in dem abgebildeten Haus befindet.

Die Gesetze, die über die Bildmontage in Fotoroman und Comic bestimmen, weisen große Ähnlichkeit zu den Kameraeinstellungen im Film auf, wenn man einmal von dem grundsätzlichen Unterschied absieht, daß die graphischen Zeichen des Kinos bewegt sind und die der Bildliteratur statisch. Unter räumlichem Gesichtspunkt kann der Übergang von einem Bild zum nächsten optische Ausweitung oder Konzentration (Annäherung) des dargestellten Gegenstands bedeuten. Die Möglichkeiten reichen von der Totale bis zur Groß- oder Nahaufnahme. Die Kameraeinstellung ist zu jeder Nuance fähig und paßt sich den dramatischen Erfordernissen eines jeden Handlungsmoments an. Die Technik der analytischen Montage ist ein interessanter Sonderfall der Montage und Detailaufnahmen. Die sowjetischen Meister des Stummfilms, vor allem Pudowkin, (1893–1953) waren wahre Meister dieses Verfahrens. Dabei wird die Szene in einer Reihe von Nahaufnahmen zerlegt, die die ausdrucksstärksten Details zeigen. Auf dem Gebiet der Comics beherrschte Guido Crepax diese Technik in vollendeter Manier. Trotz des rein räumlichen Charakters der Bildeinheiten läßt sich mit ihrer Hilfe die normale Vorstellungsdauer beim Leser dehnen. Diese Wirkung wird dadurch erzielt, daß man die Bilder häuft. Die Technik ist ein Merkmal der analytischen Montage, die durch eine Verlangsamung des Handlungsablaufs den Eindruck der Zeitlupe* erweckt. Eine andere Form zeitlicher Montage läßt sich durch das Verfahren erzielen, das man unter der Bezeichnung *Rückblende* (Rückgriff auf die Vergangenheit) und *Vorblende* (Vorgriff auf die Zukunft) kennt. Technisch sieht das so aus, daß man Bilder nebeneinander stellt, die den Leser aus der Gegenwart in die Vergangenheit oder in die Zukunft führen. (Bei der Vergangenheit wird häufig ein schon bekanntes Bild wiederholt.) Sprachlich geschieht dies im allgemeinen dadurch, daß die Erinnerungen der Personen in gedanklicher Form oder wörtlicher Rede wiedergegeben werden (psychologische Rück- und Vorblende). Seltener handelt es sich um objektive Eingriffe des Autors, der in solchen Fällen dem Leser ein vergangenes Ereignis ins Gedächtnis rufen oder ein zukünftiges ankündigen möchte.

Strenggenommen ist die Bildmontage die Syntax der Bildliteratur. Aus ihrer Verknüpfung entsteht die besondere Erzählstruktur. Vieles verdankt sie den ästhetischen Gesetzen des Kinos. Aus alldem, was in diesem Kapitel dargelegt wurde, läßt sich entnehmen, wie künstlich die Symbole und Zeichenkonventionen sind, deren sich die Bilderliteraturen bedienen. Der komplexe Vorgang ihrer Lektüre umfaßt verschiedene Phasen, die sich abstrakt wie folgt aufgliedern lassen:

a) Lektüre des Einzelbildes; b) Lektüre seines Textes; c) Integration der phonetischen und graphischen Botschaften im Rahmen eines globalen Verständnisses des Bildes; der Leser schließt aus den Dialogen und der abgebildeten Handlung auf den zeitlichen Zusammenhang; d) logische Verkettung mit dem folgenden Bild, in dem die Operation a), b) und c) aufs neue vorgenommen werden; es handelt sich um eine Form der Lektüre, die im Prinzip höhere technische Anforderungen stellt, als die naturalistischere Filmsprache.

En un vagon
de 3ª marchan
hacia la frontera
a la una ya han llegado
que salado
y llegan á Montauban
liados en el gaban
a las nou del dematí
llegan por fin a Paris

Geschichte der Comics

Wir nehmen hier unser Gespräch mit Claude Moliterni von S. 12 über den soziologischen Aspekt des Comics wieder auf.

Wie erklären Sie sich die gesellschaftliche Wirkung und die außerordentlich große Verbreitung der Comics?

Bis jetzt gibt es so gut wie keine Untersuchungen der Leserschaft. Nur 1952 hat ein Soziologe namens Barcus in den Vereinigten Staaten eine solche Untersuchung durchgeführt. Wir haben in Europa einfach nicht die Mittel, so etwas zu machen. Aus diesem Grunde möchte ich mich nicht auf ein so ungewisses Gebiet wagen!

Finden die Comics nicht eine große Leserschaft bei Menschen, denen es an den Bildungsvoraussetzungen fehlt, sich gegen sie zu wehren?

Es gibt die Comics minderer Qualität. Das sind Erzeugnisse, die so rasch wie möglich unter rein wirtschaftlichem Aspekt zusammengeschustert werden. Sie

Pablo Picasso (1881–1973) wählte das Mittel der bebilderten Erzählung, um eine für ihn wichtige Reise nach Paris zu schildern, die er mit Sebastian Jünger unternahm. Er machte in Paris seine erste Ausstellung und hielt die Fahrt dorthin als «historisches Dokument» fest.

wenden sich an eine Leserschaft mit sehr geringem Ausbildungsniveau. Dann gibt es die Jugend: eine Leserschaft, die zahlenmäßig an Bedeutung verliert. Ich habe immer den Eindruck, daß sie sich verstärkt den audiovisuellen Medien zuwendet. Es gibt aber eine Kategorie von Erwachsenen, die in der nostalgischen Erinnerung an die fünfziger Jahre schwelgen. Ganz zu schweigen von denen, die die Nostalgie der dreißiger Jahre pflegen, die den Comics des «Goldenen Zeitalters» ihre Treue bewahren. Ihnen ist die Verbreitung der Comics zu verdanken. Wenn man an den großen Treffen, den Messen, teilnimmt, stellt man fest, daß die Jugend erst ab 15, 16, 17 vertreten ist. Die ganz Kleinen sieht man kaum, weil die Eltern für sie kaufen. Man kann nicht entscheiden, ob Kinder diese Geschichten wirklich lesen wollen oder nicht. Erst von dem 12. Lebensjahr an sieht man wirklich, ob das Kind Interesse am Comic gewinnt oder nicht. Die verschiedenen Lesergruppen lassen sich nicht klar voneinander trennen.

Welche Unterschiede sehen Sie zwischen Comics und Fotoromanen?

Die Fotoromane sind bislang nichts anderes als die Illustration gewisser Liebes- und Geschichtsromane. Die eigentliche Ästhetik des Comics hat nichts mit dem Photoroman zu tun. Ein Fotoroman kann von 50 verschiedenen Fotografen zusammengestellt werden. Man wird die «Hand» des Meisters schwer erkennen können, während in Comics von Jean Giraud, Albert Uderzo, Jijé, Hug Pratt eine ganze Welt besonderer graphischer Stilelemente zu erkennen sind. Das ist der große Unterschied.

Aus dem, was Sie sagen, geht hervor, daß der Comic ein kultureller Faktor ist...

Sicherlich, davon bin ich überzeugt! Wenn man zum Beispiel Hugo Pratt genau liest, lernt man genauso viel wie bei den Autoren der traditionellen Literatur.

Schränkt die ungeheure Verbreitung und Faszinationskraft des Fernsehens nicht die Bedeutung der Comics ein?

In den dreißiger Jahren, als die Wirkung des Kinos begrenzt war und es noch kein Fernsehen gab, lebte die Jugend mit dem Comic. Die Auflageziffern waren märchenhaft. Man sprach von 700 000 bis 800 000 Exemplaren in der Woche für jeden der in Frankreich erscheinenden Titel. Und davon gab es wohl an die fünfzehn! Dann kam das Fernsehen. Es hat sich der Jugend bemächtigt und bietet ihr abgeschlossene Geschichten. Die Fernsehserie dauert eine halbe oder eine ganze Stunde und berichtet von einem Helden, der ein Abenteuer erlebt. Die Leser nehmen es nicht mehr hin, eine, zwei oder drei Seiten in der Woche zu lesen. Sie wollen die ganze Geschichte. Doch die Comic-Autoren haben festgestellt, daß sie mit einer solchen Erscheinungsweise ihre Personen umbringen. Es ist außerordentlich schwierig, eine Geschichte auf zehn Seiten zu erzählen: es gilt, die Handlung einzuleiten, die verschiedenen Personen vorzustellen, den Helden...

und wenn sie all das gemacht haben, sind sie schon am Ende der Geschichte. Die Leserschaft hat eine neue Einstellung entwickelt; sie nimmt jetzt hin, Fortsetzungsgeschichten zu lesen, die pro Ausgabe zehn Seiten umfassen. Es kann seine Geschichte dann in vier Wochen oder auch vier Monaten lesen.

Das Fernsehen hat sich sein jugendliches Publikum herangezogen. Seit zehn Jahren richte ich das Festival in Lucea in Italien aus. Seit drei Jahren berücksichtigen wir auch Zeichentrickfilme, weil wir glauben, daß wir in fünf oder sechs Jahren, wenn sich die Videoplatte oder das Videoband durchgesetzt haben, das Medium wechseln können. Vielleicht wenden wir uns von dem Papier der Platte oder dem Magnetband zu. Das wäre dann eine andere Erzählweise. Aber es blieben immer noch die Alben, wie es ja auch immer noch das literarische Werk der großen Autoren gibt. Augenblicklich zögern die Jugendlichen. Wenn man sieht, welche triumphalen Erfolge zum Beispiel alte Zeichentrickserien feiern, wie zum Beispiel *Titi*, das vor dreißig Jahren von Metro-Goldwyn-Mayer produziert wurde, haben Sie den Beweis dafür, daß die ganz Kleinen lieber auf den Knopf drücken als daß sie Seiten umblättern. Der Trend geht zur Passivität. Die audiovisuellen Mittel sind dabei, das Publikum zu verändern. Deshalb sage ich den Comic-Verlagen: Wir müssen auf Draht sein und uns nach einem anderen Medium als unseren Wochenzeitschriften, unseren Monatszeitschriften umsehen, wenn wir nicht eines schönen Tages in der Zukunft völlig aus der Mode kommen wollen.

Glauben Sie nicht, daß es einen Unterschied in der Konzentration und der Information gibt, je nachdem, ob man die Botschaft einmal im Fernsehen sieht oder sie kauft und mehrere Male liest.

Ja. Um auf das pädagogische Problem zurückzukommen: Wenn man eine naturwissenschaftliche Abhandlung über den Flug der Ente sieht, genügen wenige Bilder: man zeigt uns eine fliegende Ente, man blendet zurück, und man kann das Bild anhalten. Überlegen Sie, wie das wirkt! Der Einsatz der Comics im Unterricht ist eine Frage, die mich sehr interessiert. Ich arbeite gerade mit einem Schulbuchverlag zusammen. Dort hat man damit begonnen, Comic strips aufzunehmen. Manche Grammatikautoren verwenden sie. Man wird bald dazu übergehen, literarische Texte in Comics zu übertragen, zum Beispiel die *Farce de Maître Patelin* oder zum Beispiel das *Rolandslied*. Wir werden eine Comic-Figur entwickeln, die der Jugend erklärt, wie man einen Telefonapparat bedient. Wir sind auch dabei, einen lateinischen Anfängerkurs auszuarbeiten.

Was halten Sie von den Erfolgen, die die «Underground-Bewegung» auf dem Gebiet des Comics erzielt hat?

Die Underground-Bewegung nahm Ende der fünfziger Jahre ihren Anfang in den Vereinigten Staaten. Manche Historiker meinen übrigens auch, sie habe erst in den frühen sechziger Jahren begonnen. In den Vereinigten Staaten befanden sich die Comics in der Hand der «Syndikate», den sehr mächtigen Presseagenturen. Sie bildeten ein Comic-Kartell. Dann entwickelte sich eine Schule neuer Zeichner, die andere politische Ansichten hatten. Als sie ihre Auffassung zu artikulieren suchte, sah sie sich den Syndikaten gegenüber, die immer noch auf die klassischen Comic strips setzten, wie *Mandrake the Magician* (Mandra), *Phantom*, *Flash Gordon* (Rex Star) usw. Sie ließen die jungen Zeichner ablitzen. Darauf haben diese Autoren ihre eigenen Zeitschriften und ihr eigenes Vertriebssystem ins Leben gerufen. Die wichtigsten Autoren waren Robert Crumb, Moscoso, Vaughn Bodé u. a. Sie haben Serien wie die *Zap Comix* herausgegeben. Damit haben sie den Comic in den Vereinigten Staaten revolutioniert. Es waren ein Dutzend Leute. Viele andere Autoren haben sie kopiert. Das Publikum sah sich überschwemmt mit Zeitschriften, die alle möglichen Geschichten erzählten und die sozialkritische Botschaft der ersten Autoren verwässerten. Heute gibt es in den Vereinigten Staaten keinen echten Underground-Comic mehr. Er ist rasch von den Syndikaten vereinnahmt worden. Einige Autoren sind ihren ursprünglichen Idee treu geblieben, so zum Beispiel Robert Crumb, der nach San Francisco zurückgekehrt ist und dort weit entfernt von jenen gerissenen literarischen Agenten lebt, die ihn vermarktet haben. Man kennt den Erfolg von *Fritz the Cat*, der in der ganzen Welt verkauft worden ist. Diese Figur wurde vermarktet, ohne daß Robert Crumb je einen Cent dafür bekommen hat. Er ist der einzige, der den Mut gehabt hat, sich der Industrie zu verweigern und seinen Ideen treu zu bleiben. Das Underground-System war aber trotzdem eine Explosion, die die Welt der Comics in Bewegung gebracht hat. Keinesfalls war sie ein Mißerfolg.

Was halten Sie vom revolutionären Typus des Comics, dem man in den Ländern der Dritten Welt häufig begegnet?

Es ist das Medium, das die Massen am besten anspricht. Ich glaube, daß die Comics, wenn sie richtig aufgemacht sind, sehr wohl als Träger politischen Gedankenguts dienen können.

Nach Truffaut läßt das Buch Raum für die Diskussion, während das Bild in so hohem Maß suggestiv ist, daß es in sehr gefährlicher Weise manipuliert!

Dem stimme ich ohne Einschränkungen zu. Gewisse Comics wurden vor der Befreiung in Portugal angefertigt, ebenso wie in Griechenland und Indien. Das aber hat in den Vereinigten Staaten mit dem Underground begonnen, der außerordentlich gewalttätige politische Comics hervorgebracht hat.

Welche Entwicklung läßt sich für den Comic absehen, wie wird seine Zukunft aussehen?

Seit 1968 kümmern sich die Comic-Autoren in Frankreich um politische Probleme. Es gab bei den Zeichnern so eine Art Revolution. Sie haben beschlossen, sich an eine erwachsene Leserschaft zu wenden. Erstes Beispiel dieser Gattung war *Pilote*. Die Entwicklung war in den letzten sechs Jahren ebenso in Europa wie in den Vereinigten Staaten spürbar. Europa hat Comics von hoher Qualität geschaffen. Ich bin heute mehr denn je davon überzeugt, daß die Comic-Autoren,

Künstler von hohem Rang, ihrer Gattung mehr Geltung verschaffen werden. Die Alben gehen sehr gut, während die Zeitschriften in einer Krise stecken.

Sie sagen, daß die Comics sich mehr und mehr an Erwachsene wenden, gibt es nicht auch das Bestreben, die Kinder zurückzugewinnen?

Ich bin selber Comic-Texter. Mit meinem Zeichner Robert Gigi zusammen habe ich mich mit diesem Problem befaßt.

Wir machen Comics für Kinder voller Träume und Zauber... Wir wenden uns unmittelbar an die ganz Kleinen, und wir haben Erfolg, da die Mutter das Produkt kauft, das nach ihrer (und unserer) Ansicht ihrem Kind gemäß ist. In diesem Fall hat das Kind noch keine Wahl: Wir arbeiten für die Eltern.

Die Pioniere und die Entstehung einer Kunstgattung (1895–1928) Die Comics entstanden in den Vereinigten Staaten und waren eigentlich eine indi-

Oben: «Katzenjammer Kids» ist der erste und älteste amerikanische Comic strip (1897). Er stammt von Rudolph Dirks und ist nach dem Vorbild von Buschs (1832–1908) «Max und Moritz» (1865) humorvoll gezeichnet. Der Inhalt dieser Geschichte ist allerdings recht grausam. Die beiden Hauptakteure «Hans» und «Fritz» unternehmen genau besehen sehr brutale Streiche, die von den Erwachsenen genauso brutal beantwortet werden. Unten: Traumerlebnisse des «Little Nemo», der am Ende jeder Geschichte in seinem Bett aufwacht. McCays hervorragende Zeichnungen weisen Merkmale des Surrealismus auf.

rekte Folge des Wettbewerbs zweier großer Tageszeitungen in New York: der *World* (*New York World*), deren Eigentümer seit 1883 Joseph Pulitzer war, und des *Morning Journal*, das William Randolph Hearst 1885 erwarb. In Europa gab es eine lange Tradition der Bildererzählung. Außerdem hat sich der Aufschwung bemerkbar gemacht, den die Karikatur im amerikanischen Journalismus Ende des 19. Jahrhunderts nahm. In einem Klima intensiver wirtschaftlicher Rivalität richtete die *World* 1893 eine farbige Sonntagsbeilage ein, in der junge Zeichner ihre Werke veröffentlichten. Unter diesen Künstlern war Richard Felton Outcault, der dort seit Juli 1895 eine bunte Bildserie veröffentlichte. Kein Erzählung begleitete sie. Dort zeigte er karikaturistisch übertrieben die rührenden und typischen Aspekte des Armenviertels Hogan Alley in New York. In dieser und anderen Serien nahm eine kleine naive Figur Gestalt an. Sie war kahl, hatte große Ohren und sah siamesisch aus. Bekleidet war sie mit einem gelben Nachthemd – diese Farbe erhielt es am 16. Februar 1896. Getauft wurde die Figur auf den Namen *The Yellow Kid*. Obgleich in dieser Serie die Sprechblasen nur gelegentlich auftauchten, drückte sich *The Yellow Kid* doch mittels der Texte aus, die auf seinem Hemd zu lesen waren. Die Sprache war ungeschminkt und volkstümlich. Es war die Sprache der Welt, in der er lebte, und sie kam bestens bei den Lesern an.

Das Milieu der Auswandererkinder Yellow Kid und Katzenjammer Kids Als Hearst 1896 das *Morning Journal* kaufte und seinerseits mit der Veröffentlichung der Sonntagsbeilage *American Humorist* begann, machte er Outcault seinem Rivalen abspenstig und forderte ihn auf, die Abenteuer von *The Yel-*

Frederick Burr Opper, Schöpfer des Antihelden «Happy Hooligan» (1899), trug auch mit dem Comic «Alphonse et Gaston» (1900), recht wesentlich zur Entwicklung der Comics bei. Er überzeichnete Verhaltensweisen (z. B. die sprichwörtliche Höflichkeit der Franzosen) bis zur Verzerrung. Diese heiteren und oft grotesken Geschichten gehören noch in die Entstehungszeit der Comic strips. Opper galt als Vorbild für viele Comic-Zeichner.

low Kid auf den Seiten seiner Zeitung fortzusetzen. Dort wurde die Serie zu einer Erzählung in Gestalt einer Bilderfolge. Aber auch die *World* fuhr mit den Abenteuern dieser Figur fort. Hier zeichnete Geo B. Luks sie jetzt. So wurde Outcault Begründer einer neuen volkstümlichen Literaturgattung. Wenig später schuf er einen weiteren großen Erfolg mit einer Serie, deren Protagonist ebenfalls ein Kind war, der elegante und ausgelassene *Buster Brown* und sein Hund *Tiger* (1902).

Die fröhlichen, einfachen Comics, die Rudolph Dirks für das *Morning Journal* anfertigte, berichteten vor allem von Kindern und ihren Streichen. Diese Tendenz zeigte sich besonders in den aufsässigen deutsch-amerikanischen Kindern: den *Katzenjammer Kids* (1897). Ihre Erlebnisse fanden im tropischen Afrika statt. Als sich Dirks dann seinerseits von Hearst trennte und seine Personen in der *World* erschienen, setzte sie Harold H. Knerr für den *Morning* fort. Mit dem Doppelleben von *The Yellow Kid* bürgerte es sich endgültig ein, daß die Comic-Figuren sich vom Willen ihrer ursprünglichen Schöpfer loslösten und sie in vielen Fällen auch überlebten.

Voller kindlicher Zärtlichkeit war die Schöpfung *Little Tiger* (1897) von James G. Swinnerton für das *Morning Journal*. Damit begannen jene Serien, als deren Helden Tiere auftreten. Diese Tradition geht zurück auf die ägyptischen Menschen in Tiergestalt und die Fabeln des Äsop. Die Entwicklungslinie läßt sich bis zu Walt Disney verfolgen. Im selben Zeitraum erschien 1899 der Vagabund, *Happy Hooligan*. Mit seinem runden, traurigen Bauerngesicht war er in gewisser Weise ein Vorläufer Charlie Chaplins. Sein Schöpfer war Frederick Burr Opper. Diese Figur wurde als eine der ersten Comic-Geschöpfe mit richtigen Schauspielern auf die Leinwand gebracht (1901). Damit begann jenes Verhältnis zwischen Comics und Kino, das sich bis in unsere Tage hinein fortgesetzt hat. Der gleiche Zeichner schuf *Alphonse et Gaston*. Dort wird das französische «Raffinement» in jener Verzerrung abgebildet, die es in den Augen eines Yankees annahm. Auch das aggressive Maultier, das Hauptfigur der Serie *Her name was Maud!* war, stammt von diesem Autor. So bildete sich allmählich – immer noch auf der Ebene der Karikatur – der Typus des asozialen und etwas anrüchigen Antihelden heraus, dessen Urbild der hintergründige, recht skrupellose *Augustus Mutt* (1907) wurde. Sein Zeichner war «Bud» Fisher, der auch die *Daily Strips*, die täglich erscheinenden Comics erfand. Die Figur des *Augustus Mutt* begegnete im März 1908 dem kleinen Jeff aus der Irrenanstalt. Mit ihm zusammen bildete er fortan das seltsame Paar *Mutt and Jeff*.

In diesen heroischen «Gründerjahren», in der eine neue Kommunikationsweise erprobt wurde, war noch alles zu entdecken. Die Phantasie entfaltete sich schrankenlos. Die Gattung kam zu ihrer ersten Blüte. Man kann in Hinblick auf die damalige Zeit durchaus von der Entstehung einer avantgardistischen Bewegung auf dem Gebiet der Comics sprechen. Sie fand erst ein Ende, als die Syndikate und die Zeitschriftenindustrie der neuen Kunstform ihre strengen Standards auferlegten.

Während sich Picasso der neuen Gattung bediente, um in humoriger Weise seiner Pariser Reise mit Sebastian Junyer (1902) zu schildern, entwickelte der junge holländische Zeichner Gustave Verbeek in den Vereinigten Staaten seine sehr eigenwillige Serie *Upside Downs* (1903). Ihre Bilder mußte umgekehrt gelesen werden. Später veröffentlichte er *The Terrors of the Tiny Tads*. Es handelt sich um die Geschichte von vier winzigen Personen, die von einem Schreck in den anderen fallen. Sie reisen durch Länder, die mit Fabelwesen bevölkert sind, mit seltsamen Tieren und Gegenständen. Zu ihrer Bezeichnung schuf ihr geistiger Vater die abenteuerlichsten Wortkreuzungen. Zur gleichen Zeit versuchte sich auch der berühmte deutsch-amerikanische Maler Lyonel Feininger auf dem Gebiet der Comics. In seinen Serien *Kind-der-Kids* und *Wee Willie Winkie's World*, die 1906 entstanden, lassen sich bereits deutlich Einflüsse der Vorkubisten und Expressionisten erkennen.

Traum- und Tierabenteurer Little Nemo und Krazy Kat In dieser von den Zwängen der Industrie noch nicht eingeengten Jugendzeit der Comics überließ sich der Zeichner Windsor McCay zweifellos am ungehemmtesten seiner Phantasie. Zur gleichen Zeit wie Freud begann er mit seiner Serie *Dreams of a Rarebit Fiend* die Traumwelt zu erforschen. Es handelt sich um eine Figur, die zu eifrig vom *Welsh Rarebit* gekostet hat (einem «in Bier gedünsteten Käsetoast»). In jeder Episode erlebt sie einen Alptraum aus dem sie erst im letzten Bild erwacht. Es handelt sich um das wohlbekannte Schema der «Traumerzählung» in der angelsächsischen Kinderliteratur wie zum Beispiel *Alice im Wunderland* (1865). McCay führte diese Gattung in der Serie *Little Nemo in Slumberland* (1904) zu ihrer höchsten Vollendung. Dort erlebt der kleine Nemo phantastische Traumabenteuer, die schon deutlich auf den Surrealismus verweisen. Es handelt sich um

«Felix the cat» (1923) von Pat Sullivan ist nach dem Vorbild des Tier-Comics «Krazy Kat» (1910) von George Herriman entstanden. Den Kater «Felix» kannte das amerikanische Publikum schon aus einem Zeichentrickfilm aus dem Jahre 1917. In der Bundesrepublik, wo nach dem Zweiten Weltkrieg eine immer größere Verbreitung ausländischer Comics begann, kennt man Felix seit Ende der fünfziger Jahre.

«Krazy Kat» (1913) von George Herriman. Der besondere Zauber, der von den Tier-Figuren ausging, war so einzigartig, daß dieser Comic im Gegensatz zu anderen beliebten Comics 1944 mit dem Tod seines Schöpfers endete.

große farbige Strips, deren Bilder von ganz eigenwilliger Form sind. Schmale, hohe wechseln mit solchen in Breitwandformat. Alle zeugen sie von der großen Sensibilität ihres Schöpfers und weisen eine gewisse Verwandtschaft mit dem Jugendstil auf. Das stets wiederkehrende Erwachen des Kindes im letzten Bild mindert nicht das Interesse an seinen phantastischen Abenteuern. Hier bestätigt sich, daß sich die Leserschaft bereits an die iterative Struktur der neuen Zeichenerzählung gewöhnt hat.

Auch die sehr eigenwillige Serie, deren Held die Katze *Krazy Kat* (1910) war, besaß schon surrealistische Züge. Die Erzählung stammt von George Harriman. Die Katze ist von einer widernatürlichen Liebe zu dem Mäuschen *Ignatz* ergriffen, das seine Leidenschaft unerwidert läßt. Die Katze wiederum wird von dem Polizeihund *Ofissa B. Pupp* geliebt, von dem sie aber nichts wissen will. Als Harriman 1944 starb, erwies es sich, daß kein anderer Zeichner sein so überaus persönliches Werk fortsetzen konnte. Die entsprechenden Bemühungen führten dann aber doch zu der volkstümlichen Katzenfigur *Felix*. 1917 richtete sie der Australier Pat Sullivan für den Trickfilm ein. 1923 eroberte sie die Comics. In verschiedenen Serien tobte sich eine entfesselte Phantasie aus: *Count Screwloose of Toulouse* (1919) von Milt Gross; sein Protagonist ist ein «entsprungener Irrer». Oder *Bob McNutt* (1918) von Rube Goldberg. Der Held der Serie besitzt eine sehr eigenwillige Logik, die keine Ähnlichkeit mit der herkömmmlichen Vernunft besitzt, wodurch er regelmäßig in Schwierigkeiten gerät.

Auswirkungen durch Industrialierung der Journalistik 1915 kommt das Ende dieser Entfaltung schöpferischer Freiheit. Das gilt für die Wahl der Personen und Situationen wie für die technische und erzählerische Experimentierfreudigkeit. Der Niedergang ist zum Teil auf die Standardisierung und die Konservativität zurückzuführen, die die Vertriebssyndikate der Gattung auferlegen. Diese Syndikate bedeuten das Ende des traditionellen Journalismus. Eine neue Stufe in der kapitalistischen Trennung zwischen Arbeit und Produktion ist erreicht. Sie ist eigentlich nur eine logische Folge der Entwicklung der Presseagenturen. In Frankreich wurde 1835 die Agentur Havas gegründet, in England 1851 die Agentur Reuter, in Amerika 1848 Associated Press und (1907) United Press. Gleichzeitig mit diesen Neuigkeitsagenturen rief Irving Bacheller 1880 eine Agentur ins Leben, die die Journalisten vertrat. Sie besaß die Rechte an ihren Berichten und Reportagen. 1881 schuf S. S. McClure eine ähnliche Einrichtung für die Erzeugnisse der Romanautoren (unter anderem vertrat er Arthur Conan Doyle, Rudyard Kipling und Robert Stevenson). Die Tatsache, daß es einen neuen und wachsenden Markt für Illustrationen, Karikaturen und Comics gab, führte Anfang des Jahrhunderts zur Gründung von Vertriebsagenturen, die sich dieser Ware annahmen. Es entstanden das Color Process Syndikat, das Otis Wood Syndicate u. a. Die größte Initiative auf diesem Gebiet entwickelte der Deutsch-Amerikaner Moses Koenigsberg. Seit 1905 war er mit dem Vertrieb der Comics für die Hearst-Kette betraut, bis er 1915 das King Features Syndikat schuf, eine mächtige Agentur von internationaler Bedeutung. 1919 folgte das Chicago Tribune-New York News Syndikat, das von zwei großen Tageszeitungen gegründet wurde und das United Features Syndikate, eine Tochtergesellschaft der Presseagentur United Press.

Die Schaffung der Syndikate bedeutete einerseits einen Fortschritt: sie nahmen den Entstehungsprozeß der Comics aus den Redaktionen der einzelnen Zeitungen heraus und sorgten für eine außerordentliche Verbreitung der Gattung. Andererseits waren die Syndikate aus zwei Gründen ein Rückschritt: erstens kam es durch sie zu einer weitreichenden technischen Standardisierung (Format der Bilder, Ausmaße der Strips usw.) und thematischen Gleichschaltung (Wahl harmloser Themen, um eine sehr große und heterogene Leserschaft nicht zu verstecken); zweitens sind sie in der Lage, einen beunruhigenden Einfluß auf die Autoren und Produzenten zu nehmen, deren Freiheit und Unabhängigkeit durch sie ernsthaft bedroht sind.

Links: «Betty Boop» (1931) von Max Fleischer, gesellschaftliche Skandalnudel und Typ der dreißiger Jahre, verschwand 1939 durch den Druck der Zensur wieder aus der Comicwelt.
Unten: Wesentlich artiger dagegen ist die Waise «Little Orphan Annie» (1924) von Harold Gray. Diese konservative Geschichte war als Mittelding aus Kinder-Comic und Girls-Strip erdacht. Proteste gegen diesen reaktionären Comic blieben nicht aus.

Familien neuen Typs Eine Folge der Standardisierung war die Kodifizierung bestimmter Gattungen, so zum Beispiel des *Family Strip*, von dem schon die Rede war. Wenn diese Gattung auch nicht mit satirischen Tönen spart und insofern eine sehr verbreitete literarische und dramatische Tradition fortsetzt, so tastet sie die Institution der Familie auch nicht an. Die wichtigsten Vertreter dieser

Gattung sind: die oben beschriebenen *The Newlyweds* und *Bringing up Father*, *The Gumps* (1919) von Sidney Smith; *The Thimble Theatre* (1919) von Elzie Crisler Segar (in dieser Serie trat übrigens 1929 zum erstenmal der später so bekannt gewordene Seemann *Popeye* auf); *Gasoline Alley* (1919) von Frank King, deren Neuheit darin bestand, ihre Figuren allmählich altern zu lassen; und *Blondie* (1930) von Chic Young, der strahlende Höhepunkt dieser Gattung. Diese Serie konnte sich jahrelang rühmen, die meistgelesene der Welt zu sein (die Serie endete 1974 mit dem Tod ihres Schöpfers).

Die Tatsache, daß es eine große weibliche Leserschaft gab, führte zur Entstehung des *Girl Strips* mit seinen weiblichen Protagonistinnen. Die erste Serie dieser Gattung war *Polly and her Pals* (1912), ein Strip von Cliff Street. Noch einmal: die wichtigsten Figuren der Gattung waren *Winnie Winkle* und *Tillie the Toiler*, dann die romantische *Ella Cinders* (1925), die von Charlie Plumb begonnen und von Bill Conselman fortgesetzt wurde, sie erneuerte den Mythos von *Cinderella* – und *Dixie Dugan*.

Der Strip des spöttisch und prahlerisch auftretenden Trios «Les Pieds Nickelés» (1908) von Louis Forton stammt aus Frankreich. Er erschien in der Kinderzeitschrift «L'Epatant». Wie so oft in den Kindercomics wurden auch hier politische Anspielungen gemacht, die eigentlich nur von Erwachsenen verstanden werden konnten. Ähnlich wie bei den Vorgängern dieses Comics, z. B. «Bécassine» von Pinchon, erscheint der Text vom Bild getrennt.

Von diesen Serien heben sich durch ihren Sondercharakter *Little Orphan Annie* (1924) und *Betty Boop* (1931) ab. Die erste ist ein Mittelding zwischen Kinder-Comic und *Girl Strip*. Sie ist eine Weise, deren Adoptivvater der Multimilliardär *Daddy Warbucks* ist. Er hat sein Vermögen in der Rüstungsindustrie gemacht. Es handelt sich um einen außerordentlich konservativen, ja sogar reaktionären Strip. Gezeichnet wurde er von Harold Gray. Seine konservative Haltung hat zu Proteststürmen geführt. *Betty Boop* ist das genaue Gegenteil. Sie ist ein ironischer Vamp, mit kurzen Röcken und langbewimperten, übermäßig geschminkten Augen. Sie hat große Ähnlichkeit mit der Sängerin Helen Kane. Ihr Zeichner Max Fleischer hat sie auch auf die Leinwand gebracht, wo sie große Erfolge feierte. Aber trotz ihrer Herzensgüte und ihrer Beliebtheit blieb sie skandalumwittert. Der Druck der Zensur führte 1939 zu ihrem Verschwinden.

In dieser Jugendzeit sind die Comics als kulturell recht anspruchsvolle Erzeugnisse anzusehen, die sich in ihrer Themenwahl weitgehend beschränken. Sie bleiben eine Ausweitung der Karikatur und des graphischen Witzes. Noch befassen sie sich nicht mit den epischen Abenteuern, dessen sich das Kino angenommen hat und das auf eine lange Tradition in der volkstümlichen Erzählkunst zurückblickt. Es kommt aber zu ersten Beeinflussungen zwischen Comic und Film, und die Comic-Autoren machten ihre ersten Gehversuche auf diesem Gebiet. Vor allem ist hier der Zeichner Charles W. Kahles zu nennen, der die Ballonflugabenteuer des jugendlichen *Sandy Highflyer* (1903) erfand und damit ein Vorläufer der Piloten-Comics wurde. Er ist auch Autor der jugendlichen Gestalt des *Mairbreath Harry* (1906), einem Kind, das sich in den Dienst der Gerechtigkeit stellt. Beide Serien zollen aber noch der Komik des Kinder-Comic strips ihre Tribut.

Strips mit Fortsetzung Einen Schritt weiter geht Harry Hershfield 1910, als er die Fortsetzungsserie einführt, wobei er sich die ersten Episodenfilme zum Vorbild nimmt. Der Einfluß des Films wirkte sich auch entscheidend auf die Serie *Minute Movies* aus, die 1921 von Ed Wheelan geschaffen wurde. Die Darbietungsform ist dem Kino abgesehen: die Bilder sind gerahmt, als würden sie durch eine Filmkamera gesehen. Hier macht sich der Einfluß der Abenteuerfilme Hollywoods bemerkbar, die damals mit Douglas Fairbanks, ihrem berühmtesten Darsteller, ihren Gipfelpunkt erreichten. Der wichtigste Versuch allerdings, die Abenteuererzählung in den Comics heimisch zu machen, ist dem Zeichner Roy Crane zu verdanken. 1924 schuf er die Serie *Wash Tubbs*, die seit 1928 zusammen mit *Captain Easy* erschien. In dieser Serie besitzen die Gesichter zwar noch karikaturistische Züge, auch ist der Protagonist noch von kleiner Gestalt (ganz im Gegensatz zu den mythologischen Ausmaßen, die die Helden der epischen Comics annehmen), doch geht Crane über die schematische Zeichenweise seiner Vorgänger hinaus, wenn er sich des Pinsels bedient und mit schwarzen, grau nuancierten Flächen arbeitet. Hier kündigt sich der naturalistische Stil an, der die Abenteuercomics des folgenden Jahrzehnts kennzeichnet.

Weary Willie and Tired Tim und Bilbolbul aus Europa Ganz sicher kommen in den ersten Jahren des Jahrhunderts die wichtigsten Comics aus den Vereinigten Staaten. Gründe sind der Stand der industriellen Entwicklung wie die Kreativität der einzelnen Zeichner. Aber es sind auch einige sehr gute Comics in mehreren europäischen Ländern produziert worden. In England nahmen die illustrierten Zeitschriften und humoristischen Publikationen großen Aufschwung. So wurde dort der wichtigste europäische Beitrag zur Entstehung der neuen Kunstform geleistet. Die Bildererzählung fand sich in den Zeitschriften *Comic Cuts* (1890) und *Illustrated Chips*, beide gehörten zur «Amalgamated Press». *Mr. Chips* war ursprünglich die Hauptfigur der *Illustrated Chips*. 1896 wurde sie durch zwei Vagabunden ersetzt, die Don Quichote und Sancho Pansa zum Vorbild hatten. Sie hießen *Weary Waddles and Tired Timmy* (die sich später in *Weary Willie and Tired Tim* verwandelten). Diese Serie wurde von Tom Brown gezeichnet. Im allgemeinen gilt sie als der erste authentische englische Comic. Unter den Zeitschriften, die sich um die neue Gattung verdient machten, muß man noch *Dan Leno's Comic Journal* (1898) nennen, deren Hauptfigur der berühmte Schauspieler Dan Leno war, das Vorbild von Charlie Chaplin. Mit dieser

In Spanien erschienen die ersten Comics in der Zeitschrift «TBO» (1917). Neben den spanischen Comics wurde darin auch importierte «Comicware» veröffentlicht. Im Anschluß an die Nachkriegszeit erschienen dann so bekannte Comics wie die Serie «Gringo» (1963) von dem Madrider Carlos Jimenez und «Nus» von Enric Sió. Zu den neuesten spanischen Comics gehört «Haxtur» (1971) von Victor de la Fuente.

unterhaltsamen Veröffentlichung wurde zum erstenmal eine volkstümliche Person nachgebildet, die es wirklich gab. Das gleiche geschah später mit den amerikanischen Filmkomikern (Roscoe Arbuckle *Fatty*, Harold Lloyd, Ben Turpin, Larry Semon u. a.) in den englischen Zeitschriften *Film Fun* und *Kinema Comic*. Dies war in den zwanziger Jahren. 1921 erschien im *Daily Sketch* der erste englische Daily Strip. Sein Held war der kleine fette *Pop*, ein Geschöpf des schottischen Zeichners John Millar Watt.

In Frankreich wie in England wurden die Bildererzählungen vor allen Dingen in den Kinderzeitschriften gepflegt. Der Text stand unter den Bildern, wie es der Tradition der Epinalbildern entsprach. Jahre hindurch bestand diese Form der Textdarbietung neben der Verwendung von Sprechblasen fort. 1905 erschien die schöne und schlaue Bretonin *Bécassine*. Sie trug Landestracht und wurde von Jean-Pierre Pinchon in *La Semaine de Suzette* veröffentlicht. Die komische Serie mit konservativer Tendenz hatte ungeheuren Erfolg. Von den unschuldigen Abenteuern der *Bécassine* hob sich sehr kraß das aggressive, spöttische Trio von *Les Pieds Nickelés* (1908) ab. Das Trio steht in der Tradition der «asozialen Figuren» und wurde so populär, daß man es 1917 verfilmte. Der gleiche Autor, Forton, schuf 1917 *Bibi Fricotin*. Im Mittelpunkt der Serie steht ein aufsässiges Kind, das ein kleiner Bruder der schlimmen *Les Pieds Nickelés* sein könnte, dem aber nicht der gleiche Ruhm beschieden war.

In Italien stellte die Zeitschrift *Il Coriere dei Piccoli* (1908) ihre Seiten der Bildererzählung von Attilio Mussino zur Verfügung, in deren Mittelpunkt die Phantasiegestalt des Negers *Bilbolbul* (1908) stand. In der gleichen Zeitschrift veröffentlichte auch der Zeichner Antonio Rubino seine phantasievollen und poetischen Geschichten, die Federico Fellini begeisterten. In Finnland wurde der schlaue Bauer *Pekka Puupää* (1925) des Zeichners Fogeli zu einer nationalen Figur. Im revolutionären Rußland begann der Karikaturist Ceremnich in Zusammenarbeit mit Vladimir Majakowski (1893–1930) 1919 mit Comics, die im agitatorischen und propagandistische Dienste der ROSTA (der russischen Telegrafen-Agentur standen. In Spanien begannen die Comics im eigentlichen Sinne des Wortes mit der Zeitung *Charlot* (1916) und der Zeitung *TBO* (1917). Dort wurden teils importierte, teils eigene Serien veröffentlicht.

«Goldenes Zeitalter» (1929–1939) und Krise In den Zeitraum zwischen 1929 und den Beginn des Zweiten Weltkrieges fällt das Goldene Zeitalter dieses neuen Mediums. Da inzwischen die Abenteuererzählung eingeführt wurde, weist das thematische Repertoire eine große Spannweite auf. Dem entspricht die Ausweitung der Leserschaft. Die Wandlung fand unter dem Einfluß des naturalistischen Kinobildes statt, dem beliebtesten Massenmedium. Auch der Realismus der Illustrationen in Zeitschriften und Werbung wirkte sich aus (die Aufmerksamkeit, die dem Detail geschenkt wurde, der Schatten, der die Dreidimensionalität schuf usw.). Eine neue Generation von Zeichnern war in den Kunstakademien herangewachsen. Sie besaß ausgezeichnete Voraussetzungen für die Illustration. Ihr gelang es, den komischen Stil und die karikaturistische Graphik zu überwinden, auf die die Comics sich bislang beschränkt hatten. Diese Zeichner weiteten die Karikatur zum Abenteuerroman aus, dessen Ausmaße und komplexen Verwicklungen die Fortsetzungsserie erzwangen.

Urwald-, Geschichts- und Science-fiction-Abenteurer 1928 hatte Lyman Young schon seine Serie *Tim Tyler's Luck* (*Zwei Jungen in Afrika*) in ein Afrika voller Gefahren verlegt, wenngleich seine Figuren auch noch Kinder waren. Im Januar 1929 begann Alan Harold Foster damit, an jedem Sonntag die Abenteuer von *Tarzan* zu veröffentlichen, jenes berühmten Affenmenschen, den Burroughs 1914 erfunden hatte und der schon mehrfach auf der Leinwand zu bewundern gewesen war. Die Tarzan-Serie, die eine der beliebtesten überhaupt werden sollte, wurde 1937 von Burne Hogarth in monumentaler, überzogener Weise fortgesetzt. Foster hatte diese Serie aufgegeben, um sich fortan ausschließlich seiner brillanten mittelalterlichen Sage zu widmen: dem *Prince Valiant* (*Prinz Eisenherz*), einer Episode aus dem Legendenkreis um König Arthur. Zugleich mit Tarzan erschien auch die Science-fiction-Serie *Buck Rogers* von Dick Calkins. Diese Comic-Figur machte gemeinsam mit ihrer ständigen Beglei-

Der futuristische Strip «Flash Gordon» von Alex Raymond setzte die mit «Superman» begonnene Abenteuer-Comics fort. Der Science-fiction-Charakter wurde vor allem dadurch geprägt, daß Raymond seinen «Flash Gordon» den Weltraum erforschen ließ.

«The Phantom» ist ein Produkt des Texters Lee Falk und des Zeichners Ray More. Diese abenteuerliche Mischung aus «edlem Ritter» und «exotischem Superheld» war erst ein Vorgeschmack auf die nachfolgenden Heldenaben-

teuer anderer Comic-Gestalten. «The Phantom» hat den Ruf des Streiters für Recht und Ordnung, was dem Comic zusätzlich zu der reißerischen Aufmachung einen großen Leserkreis bescherte.

terin *Wilma Deering* die Science-fiction-Abenteuer im Bereich der Comics heimisch. Im Oktober 1931, zur Zeit von Prohibition und organisierten Gangstertum in den USA, trat der Detektiv *Dick Tracy* auf den Plan. Sein Zeichner ist Chester Gould. Viele Züge seiner Figur hat er dem Schauspieler James Cagney abgeguckt, der die Gangsterrolle in vielen Filmen der Warner Brothers innehatte. *Tracy* aber tritt mutig für Gesetz und Ordnung ein.

So wurden in den amerikanischen Comics die drei Hauptgattungen des epischen Abenteuers geschaffen: exotische Abenteuer, die Science-fiction und die Kriminal- und Spionagegeschichte. Das «King Features»-Syndikat, die wichtigste Vertriebsagentur der Comics, war bei dem Start der neuen Gattung den Konkurrenzorganisationen gegenüber ins Hintertreffen geraten: dem «United Features»-Syndikat, dem «National Newspapers»-Syndikat und dem «Chicago Tribune-New York News»-Syndikat. Um den verlorenen Boden wiedergutzumachen, beauftragte es den jungen Zeichner Alex Raymond damit, neue Abenteuer-Comics zu entwickeln. Im Januar 1934 kam *Flash Gordon* (*Rex Star*) auf den Markt. Er sollte *Buck Rogers* Konkurrenz machen. Dann wurde *Jungle Jim* veröffentlicht, dessen Urwaldabenteuer eine Replik derjenigen *Tarzans* waren. Auf dem Gebiet der Spionagegeschichte kam dann *Secret Agent X-9*. Von diesen drei Figuren, die Raymond in seiner rastlosen Aktivität schuf, wurde *Flash Gordon* am berühmtesten. Der blonde Riese erlebte in Begleitung der brünetten *Dale Arden* und des weisen *Hans Zarkov* zahllose Abenteuer auf dem Planeten *Mongo*, der sich in der Gewalt des bösen Herrschers *Ming* befand. Diesem Tyrannen verlieh sein Schöpfer asiatische Züge und war damit für eine Neuauflage des Mythos von der «gelben Gefahr» verantwortlich. Wegen «wagnerischer Züge» wurde der blonde Held gelegentlich beschuldigt, eigentlich eine faschistische Figur zu sein, wenn Mussolini ihn auch verabscheute, weil er ihn für ein amerikanisches Propagandageschöpf hielt.

Wie dem auch sei, Raymond ließ in seinem Comic eine merkwürdig «archaische Zukunft» erstehen (nach einem Ausspruch von Emilio Tadini). In den Abenteuern verbinden sich Raumschiffe und Entmaterialisierungsstrahlen mit Elementen, die aus alten Kulturen und versunkenen Mythen stammen.

Streiter für Recht und Ordnung Schlägt man *Jungle Jim* auf, wird man aus dem großartigen Szenarium des *Flash Gordon* in die üppig wuchernden Urwälder Asiens versetzt. In diesen Rahmen wickeln sich die Abenteuer ab, die dieser Streiter für Recht und Ordnung erlebt. Wie der Weltraumheld *Buck Rogers* bildet auch *Jungle Jim* ein Trio zusammen mit dem treuen und wortkargen Eingeborenen *Kolu*, einem geschickten Messerwerfer, und mit seiner «ewigen Verlobten» *Shanghai Lil*, die *Jungle Jim* aus ihrer bewegten und anrüchigen Vergangenheit freikaufte. *Secret Agent X-9* dagegen bewegt sich in einer städtischen Umwelt. Das Textbuch stammt von dem bedeutenden Kriminalschriftsteller Dashiell Hammet, dem Begründer der berühmten «Série Noire». 1936 mußte Raymond diese Figur jedoch unter dem Druck seiner vielfältigen Arbeiten aufge-

Ob etwas komisch wirkt...

. . . . hängt meistens vom Standpunkt des Betrachters ab. Ein Mann ohne Regenschirm im Wolkenbruch kann sehr komisch wirken – für den, der im Trocknen steht. Eine Frau an der Kaufhauskasse, die ihr Portemonnaie nicht findet, mag ebenfalls komisch aussehen – für den, der schon bezahlt hat. In der Freude an Komik ist immer etwas Schadenfreude. Aber Freude kann schließlich nie schaden.

Übrigens gibt es nur wenige Gelegenheiten, den Umgang mit Geld komisch zu finden. Geld kann auf vielerlei Arten wirken: bedrückend, erheiternd, gefährlich, erleichternd, befreiend, aber selten komisch.

ben. In der Hand anderer Zeichner verflachte der Geheimagent nach und nach zu einem recht durchschnittlichen FBI-Agenten.

Die Gattung der Abenteuer-Comics wurde also genau in jener Zeit geboren, da die Nation unter den Auswirkungen der Wirtschaftskrise litt. Das Publikum war dankbar dafür, daß ihm diese heroische Erzählform Gelegenheit bot, sich in den tröstlichen Gefilden der Phantasie abzureagieren und so einen Ausgleich für die bedrückenden Widrigkeiten des Alltags zu finden. Auch im Kino erlebten die exotischen Abenteuer unter dem Einfluß der künstlerisch gestalteten Dokumentarfilme von Robert Flaherty (1884–1951, *Nanuk, der Eskimo)* einen Aufschwung. Sie waren wie eine Phantasiereise in verborgene und geheimnisvolle Länder, wo das Abenteuer den Menschen noch in unzugänglichen Schlupfwinkeln erwartet. In diese Reihe gehört auch Milton Caniffs Serie *Terry and the Pirates* (1934). *Terry Lee* reist dort nach China, er ist auf der Suche nach einem sagenhaften Schatz, der auf einer alten Karte verzeichnet ist. Dies ist der äußere Anlaß gnadenloser Kämpfe mit den Piraten der asiatischen Meere. Die Serie bekam einen eindeutig rassistischen und politischen Akzent, als Amerika in den Zweiten Weltkrieg eintrat. Das große Verdienst Caniffs liegt jedoch in der meisterlichen Weise, in der er den Pinsel bediente. Er stand in der Tradition von Roy Cane und Noel Sickles, mit denen er zusammengearbeitet hatte. Der Pinsel gestattete ganz neue graphische Modellierungen (kräftige Silhouetten im Gegenlicht, Kontrast schwarzer und weißer Flächen, Grauabstufungen usw.). Caniff machte sich die fotografische und filmische Ästhetik zu eigen und übernahm den «Blickwinkel der Kamera» mit ihren kühnen Perspektiven und dynamischen Verkürzungen. Mit ihm kam es zur endgültigen Konvergenz zwischen der Sprache des Comics und der des Kinos, einer Konvergenz, die sich seit den Anfängen des epischen Comics ankündigte und durch die naturalistischen Zeichner immer deutlicher herausgearbeitet worden war. In die Gattung des exotischen Abenteuers gehört weiterhin der Streiter für Recht und Ordnung *Phantom* (1936), ein Werk des Texters Lee Falk und des Zeichners Ray More. Unter der auffälligen Uniform und der Maske verbirgt sich der Nachkomme eines alten Geschlechts. Der Urahn hatte einen Überfall des Piraten Sind überlebt. Er wurde am Strand des Golfs von Bengalen angeschwemmt und schuf dort eine Dynastie, die ihr Reich in Recht und Frieden regierte.

In der Science-fiction war *Brick Bradford* (1933) Vorläufer von *Flash Gordon*. Die Texte stammten von William Ritt, die Zeichnungen von Clarence Gray. Der mächtige Zauberer *Mandrake* (*Mandra*) wurde von Lee Falk getextet und von Phil Davis gezeichnet. Von 1934 an erfreute er sich großer Beliebtheit und wurde zum Vorbild des südländischen Liebhabers. Gekleidet war er wie die traditionellen Zauberkünstler: Frack, Zylinder und weites Cape. Ihm zur Seite standen seine «ewige Verlobte», die Prinzessin *Narda* und der athletische Neger *Lothar*. Im Kampf gegen die Bösewichter bediente er sich seiner hypnotischen Kräfte als wirksame Waffe. Gleichnishaft erwies sich hier das Gehirn der brutalen Kraft und den tödlichen Waffen überlegen. 1973 kam die Figur auf den Fernsehschirm.

Federico Fellini verfilmte sie mit dem Schauspieler Marcello Mastroianni.

Unter den Kriminal- und Spionage-Comics wurde der kräftige Dedektiv *Red Barry* (1934) eine Arbeit des Sportzeichners Will Gould, Ziel heftiger Angriffe. Die Tricks und zweifelhaften Moralvorstellungen des Helden trugen ihm ernsthafte Schwierigkeiten mit dem «King Features»-Syndikat ein. Die Agentur stellte seine Veröffentlichung dann auch 1940 ein. Auch der asiatische Detektiv *Charlie Chan* (1938) wurde verboten, als die östlichen Figuren nur noch unter negativen Aspekten auftreten durften. Dieser scharfsinnige Polizeiinspektor aus Honolulu stammte aus den beliebten Romanen von Earl Derr Biggers (1884–1933). Seit 1931 wurden sie mit dem Schauspieler Warner Oland verfilmt. Sein Äußeres hatte der Zeichner Alfred Andriola für die Comic-Serie übernommen.

Soziale Dokumente In Gattungen, für die ein alltäglicherer Rahmen gewählt wurde, führte das moralische Klima der Wirtschaftskrise zur Entstehung neuer Serien. Mittelbar oder unmittelbar spielte man in ihnen auf die Schwierigkeit der Situation an. Ein typisches Beispiel dieser sozialen Tendenz war die beliebte Comic-Serie, deren Held *Li'l Abner* war, ein junger Bauer, der sehr arm und beinahe ein Analphabet war. 1935 wurde diese Figur von Al Capp geschaffen. Die

fröhlichen Episoden seiner Serie spielten in dem Bauerndorf *Dogpatch*, das die elende Situation der ländlichen Gemeinden im Süden der Vereinigten Staaten widerspiegelte. Besondere Beachtung verdienen die sehr stark matriarchalisch gefärbten Szenen: zum Beispiel das jährliche Fest, in dessen Verlauf die Frauen die Männer necken und verfolgen dürfen. Dieses Ereignis wurde aus der Folklore verschiedener amerikanischer Regionen in die Comics übernommen. 1952 heiratet *Li'l Abner* die rothaarige, aggressive *Daisy Mae*. Die Jahre allerdings können seinem Äußeren nichts anhaben. Er ähnelt dem jungen Henry Fonda. Die Zeit vermag auch seinen Optimismus nicht zu dämpfen, der in den schweren Tagen der großen Krise eine Botschaft der Hoffnung und des Trostes im Sinne des *New Deal* von Präsident Roosevelt war. Das leuchtende Vorbild des Boxers *Joe Palooka* (1931) – sein Zeichner war Ham Fisher – führt aller Welt vor Augen, daß der «gute Amerikaner» gar nicht weiß, was Entmutigung heißt. *Apple Mary* (1932) von Martha Orr ist gleichfalls ein Zeitdokument. Die Geschichte einer Frau in reifen Jahren, die ein Opfer der Wirtschaftskrise ist. Sie sieht sich gezwungen, Äpfel auf der Straße zu verkaufen – daher ihr Name. 1939 aber wird sie dank der Konjunkturentwicklung und eines neuen Zeichners eine «gute Mutter» von distinguiertem Äußeren und heißt fortan *Mary Worth*. In diesen Jahren fehlte es auch den Schöpfungen von Walt Disney nicht an sozialkritischen Tendenzen. Dies gilt besonders für die Abenteuer von *Mickey Mouse* (*Micky Maus*). Sie war die erste Figur, die den Weg von der Leinwand auf das Papier fand (1930). In ihrer Jugendzeit war sie ein Symbol für den Sieg des Schwachen über den Starken oder – wenn man so will – des einfachen Bürgers über die großen Banken und Industrietrusts, die das Land beherrschten.

Heldengeschichten: militärische Unterrichtslektüre Mit der Entstehung der epischen Abenteuer kam es in den dreißiger Jahren zu einer neuen Erscheinungsweise, dem *Comicbook*. Die Comicbooks brachten einen außerordentlichen Aufschwung der Comics mit sich und wurden die Lieblingslektüre der Frontsoldaten. Sie wurden sogar für militärische Unterrichtszwecke benutzt. Ihr Erfolg liegt zum Teil an der bunten und augenfälligen Aufmachung. Allerdings hatten die periodisch erscheinenden Comics auf Grund ihres Erfolgs die Tendenz, die Zahl der auf ihren Seiten erscheinenden Serien zu erhöhen. Die Bilder wurden kleiner, was eine ästhetische Einbuße bedeutete.

Zum anderen ist ihr Erfolg der Tatsache zu verdanken, daß mit ihrem Erscheinen eine neue Generation von Superhelden geboren wurde, die zweifellos übermenschliche Körperkräfte und Fähigkeiten besaß. Am berühmtesten wurde ihr Archetyp *Superman*. Die Texte schrieb Jerry Siegel und die Zeichnungen fertigte Joe Shuster an. Die erste Folge erschien 1938 in der ersten Nummer des *Action Comics Magazine*. Seine unglaublichen Körperkräfte erklären sich aus seiner außerirdischen Herkunft. Er wurde auf dem Planeten *Krypton* geboren (wo die Schwerkraft sehr viel größer ist als auf der Erde. Als kleines Kind wurde er von seinem Vater in einem Raumschiff auf eine Reise durch den Weltraum geschickt,

Sehr wichtig in der Geschichte des französischen Comics ist «Tintin» (1929, «Tim und Struppi») von Hergé. Die besonders gut getextete Serie wurde seit 1946 von dem Belgier Raymond Leblanc für seine Jugendzeitschrift «Tintin» herausgebracht. Die Ausgaben erreichen in der ganzen Welt eine Auflage von wöchentlich etwa 650 000 Exemplaren. Ständiger Begleiter Tims ist «Struppi» (ursprünglich «Milou»). Im Laufe der Zeit erfand Hergé einen festen Personenkreis um «Tintin».

kurz bevor sein Heimatplanet zerstört wurde. Als ein moderner Moses wurde er von einem irdischen Ehepaar adoptiert, den *Kents.* Er stellte seine übermenschlichen Kräfte in den Dienst der Gerechtigkeit und bekämpfte die Bösewichte, wo er ihnen begegnete. Allerdings verbarg er seine wirkliche Identität unter der schwächlichen und schüchternen Maske des Lokalreporters *Clark Kent.* Diese Doppelidentität gehört zum volkstümlichen Mythos. Der Held muß in seinem Alltagsleben ein mittelmäßiges, wenn nicht sogar lächerliches Individuum sein.

Im Gefolge von *Superman* traten neue Helden auf den Plan, denen häufig genug jede Originalität fehlte. So verdankte der von den Brüdern Earl und Otto Binder erdachte und von C. C. Beck gezeichnete *Captain Marvel* (1938) all seine Macht der Zauberformel *SHAZAM* (den Initialen von Salomon, Herkules, Atlas, Zeus, Archill und Merkur). In einer gerichtlichen Klage wurde ihm vorgeworfen, *Superman* zu plagiieren. 1945 mußten ihn die «Fawcet Publications» aus dem Verkehr ziehen. Zur selben Generation gehört *Batman* (1939). Bob Kane verlieh ihm das Äußere eines Vampirs. Seine Kräfte erklären sich aus dem ungewöhnlichen geistigen und körperlichen Training, dem er sich unterzogen hat. Er bekämpft die Bösewichter, um den Mord an seinem Vater zu rächen. Knappe und Reisegefährte von Batman ist der Junge *Robin* (oder *The wonder Boy*). Diesem Paar werden hin und wieder zweifelhafte Liebesbeziehungen unterstellt. Zur selben Gattung gehören weitere außergewöhnliche Figuren. In *The Flash* (1939), von Gardner Fox getextet und von Harry Lampert gezeichnet, ist der Held ein Junge, den die Mädchen verachten, weil er sich im Football nicht hervortut. Durch einen Laborunfall wird er ein Superläufer mit äußerst raschen Reflexen, der im Laufen die Attribute Merkurs annimmt. Auch er bleibt dem Prinzip der emblematischen Kleidung treu, dem alle Superhelden gehorchen.

Der europäische Comics-Markt Die rasche Verbreitung der amerikanischen Comics erreichte damals auf dem europäischen Markt ihren Höhepunkt. Nur schwer konnten sich nationale Märkte auf dem Kontinent entwickeln, weil die europäischen Hersteller den amerikanischen Produktions- und Vertriebsverfahren nichts entgegenzusetzen hatten. Nur in England behauptete sich ein sehr beliebter Girl Strip. Seine Heldin war die rothaarige *Jane* (1932), ein Werk von Normann Patt. Er hatte den genialen Einfall, es so einzurichten, daß seine liebreizende Heldin häufig ihre Kleider verlor.

In Frankreich wurde der Konsum der amerikanischen Comics durch die Agentur «Opera Mundi» dirigiert. Sie wurde von Paul Winkler, dem Vater des *Journal de Mickey* (1934), gegründet. Die wichtigste Comic-Neuheit in französischer Sprache ist jedoch dem Belgier Hergé (Georges Rémi) zu verdanken. Er schuf 1929 *Tintin* (einen abenteuerlustigen Jungen, der stets von seinem Foxterrier *Milou* begleitet ist *(Tim und Struppi)*. Die Figur zeigt noch Anklänge an den Kinderstrip und an die Karikatur. Alles in allem ist sie aber wohl der epischen Gattung zuzurechnen. *Tintin* hat zahllose Abenteuer in allen Ländern der Erde zu bestehen. Sein erstes Album hieß *Tintin au pays des Soviets* (1930). Später erschien dann in Belgien die Wochenzeitschrift *Spirou* (1938), «Heimat» der gleichnamigen Figur von Rob Vel (Robert Velter).

1936 brachte die von «Opera Mundi» herausgegebene Zeitschrift *Robinson* in Frankreich amerikanische Comic-Figuren auf den Markt. 1934 entstand mit *Le Professeur Nimbus* von A. Daix der Daily Strip. Es handelt sich um ein typisches Exemplar des «zerstreuten Professors». Drei Jahre später erschien einer der anspruchsvollsten Comics der Vorkriegszeit *Futuropolis* (1937), eine originelle

Schöpfung des Sportzeichners Pellos. Dieser Strip stand in der Tradition der utopischen, populärwissenschaftlichen Geschichten, wie sie die Amerikaner entwikkelt hatten, nur daß er sich an eine reifere Leserschaft wendete und wirklich versuchte, sich Gedanken über die Zukunft des Menschen zu machen.

1934 schuf E. O. Plauen (Erich Ohser) im nationalsozialistischen Deutschland die Serie *Vater und Sohn*. Die Helden sind ein korpulenter Spießbürger und sein durchtriebener Sohn.

In Italien verboten die faschistischen Behörden 1938 die neuen amerikanischen Helden, die 1934 den italienischen Markt mit der Zeitschrift *L'Avventuroso* erobert hatten. 1942 wurden außerdem alle Comics verboten, in deren Sprechblasen «kulturfeindliche» Texte entdeckt wurden (diese Maßnahme wurde 1943 rechtskräftig). In diesen Krisenjahren des italienischen Comics bleiben der Superathlet *Dick Fulmine*, das großgewachsene Urbild des Helden, und der «Comic-Western» *Kit Karson* (1937) von Rino Albertarelli, der auf den Seiten des *Topolino* erschien. *Kit Karson* war der Vorläufer zahlreicher «Spaghetti-Western», die sich später in Italien großer Beliebtheit erfreuen sollten. Außerdem gab es in dieser Zeit noch auf den Seiten der katholischen Wochenzeitschrift *Il Vittorioso* seit Ende 1940 das groteske Dreigespann *Pippo, Pertica* und *Palla*, das der eigenwillige Benito Jacovitti zeichnete.

In Spanien erhielt die neue Gattung durch die Zeitschrift *Pulgarcito* (1923) großen Auftrieb. Einige ausgezeichnete Zeichner und Karikaturisten, darunter der außergewöhnliche K-Hito (Ricardo Garcia Lopez), haben an ihr mitgewirkt. K-Hito ist *Macaco* zu verdanken. Diese Serie erinnert in ihrer Absurdität an die Dadaisten. 1925 gründet er die Zeitschrift *Gutiérrez*, deren Hauptfigur den gleichen Namen trägt. Die Zeitschrift *Aventurero* brachte *Flash Gordon* auf den spanischen Markt. Der Bürgerkrieg brachte dann die Politisierung der Comics.

Einheimische Comics in Lateinamerika In den dreißiger Jahren setzen sich auch in Argentinien die Comics durch. Dies ist Zeitschriften zu verdanken wie *Pololo* (1926), *El Tony* (1928) und vor allem *Pif Paf* (1937). Die Tageszeitungen, die anfangs von amerikanischen Serien beherrscht wurden, stellen ihre Seiten nach und nach einheimischen Zeichnern zur Verfügung, so zum Beispiel: Dante Quiterno, dem Autor des schlauen und menschenfreundlichen Indianers *Patoruzú* (1931), Lino Palacio, dem Schöpfer des überaus schüchternen *Don Fulgencio* (1936); Divito, Zeichner von *Bombolo*, José Luis Salinas, der den Korsaren *Hernan* erfand und Guillermo Serrano, der eine expressionistische Version der Abeteuer des Piraten *Sandokan* zeichnete.

1929 trat der Uruguayer Alberto Breccia mit der Serie *Mu-Fa* hervor. Der Held ist ein orientalischer Detektiv, der eine offene Parodie auf den Inspektor *Charlie Chan* darstellt.

Krisenjahre (1939–1948) Der Zweite Weltkrieg leitete eine Krise in der Entwicklung und Ausdehnung der Comic-Kunst ein. Neben veränderten indu-

«Vater und Sohn» (1934) von Erich Ohser ist eine komplicenhaft-pädagogische Bildgeschichte ohne Text. Daneben zeichnete e. o. plauen, so daß Pseudonym des Zeichners, politische Karikaturen.

striellen Prioritäten waren es vor allem politische Einflüsse und Erwägungen, die die Comics (wie die Filme) der kriegführenden Länder in Propagandawaffen für Kriegsziele verwandelten. Ihre Figuren erhielten militärischen Anstrich und wurden einem rücksichtslosen Schematismus unterworfen. Die Verbindungen zwischen den Comic-Zeichnern und der militärischen Propaganda waren manchmal sehr eng. So ließ Ham Fisher seinen Helden *Joe Palooka* in Übereinstimmung mit dem Kriegsministerium in die Armee eintreten. Fisher wurde im voraus über bestimmte strategische Vorhaben informiert, damit die äußeren Umstände seiner Comics überzeugend und authentisch wirkten. Zu dieser Zeit arbeitete Alex Raymond in der Presseabteilung des Marinekorps. Kein Held entging dem politischen Eifer. Sogar der utopische *Flash Gordon* trat als «Befreier» auf und kämpfte im Namen der Demokratie gegen die totalitäre und faschistische Diktatur des Machthabers *Ming*.

Neue Heldenfiguren In diesem ganz neuen Kontext erschien erstmalig in der amerikanischen Presse eine Figur mit kommunistischen Tendenzen, der Proletarier *Pinky Rankin* (*Pinky* ist eine beschönigende Bezeichnung für «rot»). Er wurde 1942 von Dick Floyd für die kommunistische Tageszeitung *Daily Worker* gezeichnet. So zogen viele der traditionellen Comic-Figuren die Uniform an und begaben sich an die Front, um den faschistischen Feind zu bekämpfen (andere taten dies im Hinterland, wie *Charlie Chan* oder *Dick Tracy*, indem sie sich auf die

«The Sad Sack» (1944) karikierte das amerikanische Kasernenleben, der Zeichner war Sergeant George Baker. Sicher verharmlosten Serien dieser Art für die meisten ihrer Leser den Krieg und den Anspruch Amerikas auf Vormachtstellung. Man kann in der Darstellung aber auch einen Widerstand gegen die knallharten, proamerikanischen Propaganda-Superhelden entdecken.

Jagd nach Spionen und Saboteuren machten. Die Kriegslage schuf aber auch neue Helden, die den besonderen Umständen ihre Entstehung verdanken. Die berühmteste dieser Figuren sollte *Captain America* (1941) werden. Wie es die Gesetze der Comicbooks verlangen, war der Captain ein schwächliches Kind gewesen. Der Militärdienst machte aus ihm einen anderen Menschen. Dann wurde ihm im Verlauf eines wissenschaftlichen Experiments (das von Präsident Roosevelt selbst gebilligt worden war) eine Droge verabreicht, die ihn in einen Übermenschen verwandelte. Nun konnte er den Feind mit herkulischer Kraftentfaltung bekämpfen, wodurch er selbst einen gefährlich faschistischen Anstrich bekam.

Die humoristische Gattung nahm sich des Kasernenlebens an. Erste Serie dieser Art war *The Sad Sack* (1944), in deren Mittelpunkt ein etwas schwerfälliger Soldat steht. Sie wurde von dem Sergeanten George Baker gezeichnet und war das Entzücken der amerikanischen Truppen. 1950 zeichnete Mort Walker dann die komische Serie *Beettle Baily.* Auf dem militärischen Sektor verdient *Male Call* (1942) ein besonderes Interesse. Milton Caniff wurde von der Armee beauftragt, sie zum ausschließlichen Gebrauch der Truppe zu entwickeln. Heldin war

Rechts: Der erste Comic-Held mit kommunistischen Ansichten war der Proletarier «Pinky Rankin» (1942) von Dick Floyd, der im «Daily Worker» erschien.
Darunter: Die brünette «Miss Lace» von Milton Caniff vertrat ganz andere Interessen. Sie diente exklusiv der Zerstreuung und Aufmunterung amerikanischer Soldaten.

Rechts: Im Vergleich zu den neueren Action-Comics, deren Wirkung oft durch starke Symbole für versteckte Emotionen und Wünsche erzielt wird, ist «Mutt and Jeff» (1908) eine liebevoll gezeichnete, harmlose Geschichte. Der Zeichner war Bud Fisher, der 1907 den ersten täglichen Comic strip für die «San Francisco Chronicle» zeichnete.
Links: Der einsame Cowboy «Lucky Luke» (1946) wurde von Morris (Maurice de Bévère) gezeichnet, die Texte schrieb Ren Goscinny. Die Gags sind Parodien auf die Westernklischees.

die brünette und anziehende *Miss Lace*, die den militärischen Mythos der «großzügigen Kantinenwirtin» erneuerte. Sie war ein kokettes Pin-up-girl, dessen überquellendes Dekolleté dem Frontsoldaten Schutz suggerierte. 1946 wurde *Miss Lace* mit dem Ende der Feindseligkeiten eingestellt.

Neben Comics, die vom Krieg und der Politik bestimmt waren, lassen sich nur wenige Neuheiten aus diesem Zeitraum nennen. Eine war das Waldgeschöpf *Sheena* (1939). Es handelt sich um ein weibliches Pendant zu *Tarzan* von W. Morgan Thomas. Nur mit einem knappen Leopardenfell bekleidet, ist sie auf dem Comic-Markt zweifellos die erste Vertreterin des erotischen Genres, wenn auch noch schüchtern und verschämt. Von größerem Interesse ist *The Spirit* (1940). Dieser maskierte Detektiv ist das Werk von Will Eisner, der der Serie eine unverwechselbare Mischung aus Realismus und Humor verlieh. Unter den jüngeren Figuren bleiben zu erwähnen *Barnaby Baxter* (1942), der von Crockett Johnson (David Johnson Leisk) gezeichnet wurde und die merkwürdigsten Abenteuer in Begleitung eines geschwätzigen Zauberkünstlers erlebte, sowie der blonde Teenager *Penny* (1943) von Harry Haeninger. Diese Figur steht am Anfang jener Dynastie von Helden der Konsumgesellschaft, die sich vor allen Dingen mit Familienkonflikten herumschlagen müssen. Sie kündet als erste von den sozialen Verhältnissen, die die Nachkriegszeit beherrschen werden. Der Mythos vom Rebellen kündigt sich an, der dann von James Dean ideal verkörpert wird.

Ein neuer Publikumsgeschmack Mit dem Ende der Feindseligkeiten kommt es zu einer Zeit der Unentschiedenheit auf dem amerikanischen Comic-Markt. Die Zeichner wußten nicht, wie sich der Kollektivgeschmack entwikkeln würde. Sie glaubten nicht daran, daß ihre Figuren, erschöpft von so vielen Kämpfen, den Erfordernissen der Nachkriegszeit gerecht werden könnten. Außerdem fürchteten sie den Aufstieg des Fernsehens. Verschärft wurde die Situation dadurch, daß die industrielle Macht der Syndikate unaufhaltsam wuchs. Sie diktierten die Moden und waren in der Lage, die Serien nach ihrem Gutdünken zu verändern oder die Zeichner zu ersetzen, wie es ihnen gefiel. In dieser Situation der Krise und des Niedergangs formierte sich im Januar 1946 die National Cartoonist Society (NCS), ein Verband der Comic-Zeichner, den sie zu ihrem Selbstschutz gründeten. Erster Präsident war Rube Goldberg.

Intellektuelle Comic-Helden All das änderte aber nichts an der Tatsache, daß das Goldene Zeitalter der Gattung nun einmal vorbei war. Sie blieb hinter den Erfolgen der Vorkriegszeit zurück. Die großen Comic-Zeichner entschlossen sich, es mit neuen Figuren zu versuchen. Man ging auch auf die Suche nach neuen geographischen Schauplätzen. So schuf zum Beispiel der große Aley Raymond mit dem Detektiv *Rip Kirby* (*Rip Korby*) (1946) den ersten Intellektuellen auf dem Gebiet der Comics. Der elegante, urbane und etwas kurzsichtige Verstandesmensch verkörperte manche Züge, die dann in den populären Mythen der Agenten vom Schlage eines *James Bond* oder *Ipcress* weiterleben sollten Tatsächlich machte Raymond nichts anderes, als das Vorbild, das ihm mit *Secret Agent X-9* zur Hand war, dem Geschmack der Zeit (damals erlebte das *cinéma noir* seine Blüte) anzugleichen. 1956 kam Raymond bei einem Autounfall ums Leben. Er hinterließ eine spürbare Lücke. Die Serie wurde aber in ausgezeichneter Weise von John Prenrice fortgesetzt. Milton Caniff schuf *Steve Canyon* (1947), die Geschichte eines ehemaligen Kriegspiloten, der dem Presseunternehmen *Harizons Unlimited* vorsteht. In Übereinstimmung mit der militärischen Tendenz seines Autors versäumt es *Steve Canyon* nicht, an den Kriegsabenteuern in Korea und Vietnam teilzunehmen. Burne Hogarth verzichtete auf die afrikanischen Abenteuer von *Tarzan*. Statt dessen versetzte er den muskulösen *Drago* (1945) in ein pittoreskes Argentinien. Dieser bekämpft dort mit seinem Knappen *Tabasco* den finsteren Baron *Zodiac*, einen teuflischen monokelgeschmückten Nazi.

Die ersten Strips in den europäischen Wochenzeitschriften Europa hatte genug mit den Kriegsfolgen zu tun. Es hatte dringendere Sorgen, als sich um die Gesundung des Comic-Marktes zu kümmern. Die Entwicklung ging dann auch langsam genug vonstatten. In Frankreich sind die Wochenzeitschriften *Coq Hardi* (1946) unter der Leitung des Zeichners Marijac (Jacques Dumas) und *Vaillant*, die kurz darauf erscheint, die ersten Lichtpunkte. In Belgien wurde die alte Wochenzeitschrift *Tintin* fortgesetzt. Auch die Zeitschrift *Spirou* fand großen Anklang, was nicht zuletzt der Tatsache zu verdanken war, daß sie von einer Mannschaft junger Zeichner gemacht wurde: Joseph Gillian, André Franquin, Morris (Maurice de Bévère). Außerdem sind noch die folgenden französischsprachigen Veröffentlichungen zu erwähnen: *Arabelle, la dernière sirène* von Jean Ache; *Arys Buck* (1947), der erste Strip von Albert Uderzo, der später den athletischen und unverwundbaren *Belloy* schuf. In Belgien erschien *Aix l'intrépide*, die Geschichte eines Galliers, der in den Diensten Caesars steht. Jacques Martin hat ihn mit großer historischer Genauigkeit gezeichnet. Morris schuf den einsamen Cowboy *Lucky Luke* (1946), der rasch populär wurde.

In Italien war zwar das Erscheinen der sehr beliebten Wochenzeitschrift *Il Corriere dei Piccoli* 1944 eingestellt worden. Doch wurde das Interesse an Bildererzählungen deshalb nicht geringer. Es wurde genährt von Zeitschriften wie *Topolino* (1945 wiederaufgenommen). 1957 wurde in diesen Ländern, deren Kinos außerordentlich gut besucht waren, die Gattung des Filmromans geschaffen, die bald darauf durch ihre logische Fortentwicklung, den Fotoroman, ergänzt wurde. Auf dem eigentlichen Gebiet des Comics bleibt für jene Jahre der maskierte Kämpfer für Recht und Ordnung *Asso di Picche* (1945) zu erwähnen. Mario Faustinelli und Alberto Onagro schrieben die Texte, Hugo Pratt zeichnete. *Asso di Picche* steht in der Entwicklungslinie der großen Superhelden der amerikanischen Comicbooks. In England folgten *Buck Ryan*, ein Detektiv von Scotland Yard und seine blonde begleiterin *Zola*. Autor war Jack Monk. Außerdem schuf

Steve Dowling 1945 den riesenhaften *Garth*, dessen außerordentliche Körperkräfte durch einen Armreif gebändigt werden mußten. Diese Serien stehen für den Wiederanfang des englischen Comics.

In Spanien erschien 1944 *Leyendas Infantiles*, eine Serie nach dem Vorbild der großen amerikanischen Abenteuerhelden. Inzwischen war der alten Wochenzeitschrift *TBO* nach und nach der Rang durch die neuen Serien der bissigen *Pulgarcito* abgelaufen worden. Diese Zeitschrift hatte sich respektlos und fröhlich zum Zeugen der Schwierigkeiten gemacht, denen man in diesen schweren Jahren im spanischen Alltag begegnete. Der ständig enttäuschte Reporter *Triebulete* von Cifré, das Zerrbild des selbstzufriedenen Bürgers *Gordito Relleno* von Penarrova, die einsamen und verlassenen *Soeurs Gilda* von Manuel Vasques; der stets hungrige *Carpanta* von Escobar und die streitsüchtigen und zerstörerischen Brüder *Zipi* und *Zape* desselben Autors bieten in komischer Manier ein Bild der gesellschaftlichen Schwierigkeiten oder der heimlichen Wünsche, die für diese Jahre typisch waren. Die Entstehung eines einheimischen Abenteuercomic war ein Echo auf die übertriebene Bedeutung, die man in den vierziger Jahren in Spanien der eigenen Geschichte beimaß. Gemeint ist die Serie *El guerrero del Antifaz* (1944), eine Arbeit von Manuel Gago. Die Abenteuer spielen zur Zeit der katholischen Könige, wobei der Protagonist gegen die Ungläubigen kämpft. Das Ganze ist garniert mit den unvermeidlichen und heimlichen Liebesepisoden, die einen rechten Eindruck davon vermitteln, wie verklemmt die öffentliche Moral zu jener Zeit in Spanien war.

Der deutsche Comics-Markt Die ältesten Zeichner humoristischer Bildererzählungen in Deutschland waren F. Staub und Wilhelm Busch. Die Comics der zwanziger und dreißiger Jahre richteten sich an ein Kinderpublikum: Schäfer-Asts *Benjamin Pampe*, barlogs *Laatsch und Bommel* und Professor Pechmann in der Kinderzeitschrift *Der heitere Fridolin* (1921), *Die fünf Schreckensteiner* in der *Berliner Illustrirten* und *Vater und Sohn* (1934) von E. O. Plauen (Erich Ohser).

Karikaturistische, politische Bilder druckten zum Beispiel der *Simplizissimus* und die *Fliegenden Blätter*.

Ab 1948 erschienen in immer mehr Tageszeitungen, Illustrierten und Comicsbooks zunehmend deutsche Übersetzungen ausländischer Comics. Der Monatsverkauf allein der Comicsbooks liegt inzwischen bei 12 Millionen Exemplaren. Die größten Comic-Verlage Ehapa, Kauka, Bastei, der neben seinen Heftromanen seit Ende der fünfziger Jahre auch Comics druckte, und der Bildschriftenverlag produzieren mit für den Bedarf in Österreich und der Schweiz. Für die Verbreitung ausländischer Comic-Helden in der Bundesrepublik gab es nie originale Horror-, Sex- und Crime- oder Kriegscomics, hier gibt es Neuschöpfungen hauptsächlich in den Gattungen Abenteuer und Humor: Zu Beginn der fünfziger Jahre *Sigurd und Nick der Weltraumfahrer* in Lehning Verlag; dann *Winnetou* von Helmut Nickels, der auch in das europäische Ausland exportiert wurde; in

IL POPOLO
OLTRETOMBA
PLAYCOLT
ISABELLA
TUTTO
uncinetto
SI SALVI CHI PUO

demselben Zeitraum erschienen bei Kauka *Till Eulenspiegel, Münchhausen* und *Fix und Foxi* (1953), die erfolgreichsten deutschen Comic-Figuren. Ihre Verkaufsauflage lag 1970 bei 300 000 Exemplaren, im Vergleich dazu, Micky Maus-Hefte werden etwa mit einer Auflage von 437 000 Exemplaren verkauft. Für den *stern* zeichneten Roland Kohlsaat *Jimmy das Gummipferd* (später umbenannt in *Julios abenteuerliche Reisen*) und Loriot *Reinhold das Nashorn.* Bis Mitte der sechziger Jahre erschien dort auch die vielgelobte Abenteuerserie *Taró*, gezeichnet von W. F. Richter-Johnsen.

Zu den beliebtesten ausländischen Comics in der Bundesrepublik gehören *Micky Maus, Felix,* Fernsehcomics wie *Wyatt Earp, Mike Nelson* und *Lassie*, die *Peanuts, Superman und Batman,* aus der Aller-GmbH *Phantom, Mandra, Prinz Eisenherz, Rip Korby, Blondie* und *Gordon; Asterix* wird von einer breiten Leserschicht gekauft und ein vorwiegend intellektuelles Publikum konsumiert die Head- und Underground-Comics von Robert Crumb.

So wie an diesem Kiosk in Spanien werden in der gesamten westlichen Welt Comic-Hefte und books in riesigen Auflagen zum Verkauf angeboten. Vereinzelt werden englische, amerikanische, deutsche, italienische und französische Comics auch nach Jugoslawien und in die Tschechoslowakei exportiert. Die Comics dienen nicht überall dem reinen Konsum. So wie z. B. in Italien pädagogische Versuche zur Volkserziehung mit Comics stattgefunden haben, werden sie in China zur Agitation eingesetzt. Angesichts dieser Erfolge der Comics ließ sich ihr negatives Image als Schundliteratur oder Unterschichtenlektüre allmählich nicht mehr halten. Besonders stark hat sich dieses Bild mit der Kunst- und Kulturkritik der sechziger Jahre gewandelt.

BATMAN
DC PUBLICATION
Detective
REG. U. S. PAT. OFF.
COMICS
10¢

Zeitgenössische Einflüsse, veränderte Formen und eine neue Leserschaft

Moralische Feldzüge gegen die Comics und Selbstzensur Nach der Krise während des Krieges und in der Nachkriegszeit hat das neue Ausdrucksmittel in den Vereinigten Staaten und in Europa eine spürbare Renaissance erlebt. Neue ästhetische Dimensionen wurden erschlossen. Viele Intellektuelle begannen sich für das Medium zu interessieren, das bislang als minderwertiges Produkt der Kinderliteratur verachtet wurde. Zu Anfang dieser Zeit lebten allerdings auch die moralischen Feldzüge gegen die Comics wieder auf. Sie fanden ein günstiges Klima im «nationalen Puritanismus», der für die Zeit des «Kalten Krieges» und die politische Vorherrschaft des Senators McCarthy charakteristisch war. Solche Feldzüge stellten keine Neuheit dar. In diesen Jahren fanden sie jedoch ein besonderes Echo, da der öffentliche Angriff gegen die Comics, den F. Wertham in seinem Buch ‹*The Seduction of the Innocent*› vortrug, pädagogische Kreise stark beeinflußte. Die Umstände begünstigten die Kritik auch deshalb, weil ihnen mit den Horror-Comics, die das Unternehmen Educational Comics auf den Markt gebracht hatte, und den brutalen Helden der Comicbooks geeignetes Demonstrationsmaterial zur Verfügung stand. Diese schwerwiegenden Vorwürfe hätten der Comicindustrie nachhaltigen Schaden zufügen können. Deshalb verschärften die Syndikate ihre Selbstzensur. Im Januar 1955 wurde das Newspaper Comic Council als Schutzinstitution ins Leben gerufen. Es sollte jene Erzeugnisse, die für die konservativen periodischen Veröffentlichungen bestimmt waren, von denen unterscheiden, die in Comicbooks erschienen. 1955 verabschiedete die (1953 gegründete) Comic Association of America den *Comics Code*. Dieser Code zur Selbstzensur entspricht dem Code Hays (1930), der für das Kino gilt. Ausgenommen von dem *Comics Code* sind allerdings die Taschenbücher, die als Veröffentlichung für Erwachsene gelten.

Satire und Gesellschaftskritik gegen die Konkurrenz des Fernsehens Die Renaissance der amerikanischen Comics zeigte sich besonders auf humoristischem Gebiet. Die Gründe liegen im Niedergang der epischen Helden nach dem Krieg und an der verschärften Zensur. Ein anderer Grund ist die wachsende Konkurrenz des Fernsehens, das von dieser Zeit an für die Entwicklung des

Links: Die ersten Comicbooks erschienen in den dreißiger Jahren in den USA. Heute werden in der Bundesrepublik monatlich etwa 12 Millionen Comic Books verkauft!

Kinos ebenso bestimmend ist wie für die der Comics. Unter den satirischen Comics ist vor allem die ausgezeichnete Serie *Pogo* (1948): bissige Tierfabeln, die in den Sümpfen von *Okefenokee* spielen und die oft recht bitter und kritisch die politische und gesellschaftliche Realität kommentieren. In ihren Bildern ist der ultrakonservative Joseph McCarthy wiederzufinden, der hier *Joe Malarkey* heißt, die reaktionäre *John Birch Society*, umgetauft in *Jack Acid Society*, ebenso tauchen Fidel Castro und Nikita Chruschtschow auf. Der neuartige polemische Ton und die Erwachsenenperspektive aus *Pogo* findet sich auch bei den *Peanuts* (1950).

Antihelden Mit dieser Serie erneuerte Charles M. Schulz, der in Fernkursen Zeichnen gelernt hatte, die Elemente des traditionellen Kinderstrips von Grund auf. Die Protagonisten seiner Serie sind: *Charlie Brown* mit seinen Komplexen, die intrigante und besitzergreifende *Lucy* sowie *Patty* und *Violet.* Sie bilden einen Mikrokosmos, in dem sich die täglichen Ängste und Neurosen der Erwachsenenwelt spiegeln (wobei zu erwähnen ist, daß Erwachsene in der Serie überhaupt nicht vorkommen). Gegenpol ist der faule, skeptische und zum krankhaften Lügen neigende Hund *Snoopy*, der die menschlichen Laster und Verhaltensweisen kritischen Auges betrachtet. Zu diesem neuen Genre des Kinderstrip, der über die «liebenswerten kindlichen» Streiche zum Lachen hinausgeht, gehört auch die Serie *Miss Peach* (1957) von Mell Lazarus. Die beklagenswerte Lehrerin

Für den Comic Strip «Pogo» (1948/49) entwickelte Walt Kelly für jede seiner Tierfiguren eine eigene, charakteristische Sprache, in der die Ängste und Neurosen des amerikanischen Normalbürgers sehr witzig zum Ausdruck kamen. Da es unmöglich war, all die Mißverständnisse, die Metaphern und den Unsinn, den die niedlichen Tiere von sich gaben, zu übersetzen, bekam das deutsche Leserpublikum «Pogo» nur als Nachdruck in Comics-Zeitschriften zu sehen.

Rechts: Mit wachsender Beliebtheit der Comics auch in der Bundesrepublik nahmen zuerst die konservative «Frankfurter Neue Presse» und später der «stern» die «Peanuts» als Comic strip auf. Auf dem Höhepunkt der «Peanuts»-Welle wurde in den USA der Zeichentrickfilm «A Boy Namend Charlie Brown» (1969) produziert.

sieht sich vier entfesselten und überkritischen Kindern gegenüber: *Ira, Marcia, Arthur* und *Lester*. Zur neuen Gattung gehört außerdem noch *Dennis the Menace* (1951) von Hank Ketcham. Auch Jules Feiffer wählte ein kleines Kind als erste Comic-Figur: *Munro* (1951). Dies war eine ausgesprochen antimilitaristische Serie, in der ein Kind von vier Jahren auf Grund eines behördlichen Irrtums eingezogen wird. Die Verantwortlichen sind aus Disziplingründen nicht bereit, ihren Irrtum einzugestehen. Der Autor wurde einer der bissigsten Kritiker der amerikanischen Gesellschaft. Berühmt wurde er durch die Figur *Bernard Mergendeiler* (1956). Dieser Antiheld ist Produkt und Opfer seiner Gesellschaft. Die Neuheit der aggressiven Serie besteht darin, daß die Psychoanalyse als Thema eingeführt wird. Feiffer betätigte sich dann auch als Dramatiker, Romancier und Drehbuchautor. Sein kritischer Verstand legt die Schwächen seiner Umwelt raffiniert und pessimistisch bloß. In den Comics arbeitet er mit sehr einfachen, hintergrundlosen Bildern. Die pathetischen Figuren treten immer wieder im selben Rahmen und unter der gleichen Perspektive auf.

In der Tradition des satirischen Familienstrips steht *Hi and Lois* (*Familie Fa-*

Ein sehr eigenwilliger Comic-Autor ist der amerikanische Schriftsteller Jules Feiffer, dessen Strips «Feiffer» (seit 1956) eher politische Karikaturen sind. Feiffer greift die Entfremdungserscheinungen des Menschen in der amerikanischen Gesellschaft und die US-Politik besonders kraß und bissig an.

bian) (1954) mit den klassischen Themen Matriarchat und wirtschaftliche Schwierigkeiten. Ein neues Thema tauchte in der Serie *B.C.* (1958) von Johnny Hart auf; der Autor wählte die Vorgeschichte als Rahmen. Aus dieser Perspektive konnte er dann den Begriff der «Zivilisation» und die Ursprünge menschlichen Verhaltens kritisieren. Hanna und Joe Barbera (die auch die Katze und Maus *Tom und Jerry* erfanden) ließen ihre Serie *The Flinstones* (*Familie Feuerstein*) (1959) ebenfalls in der Steinzeit spielen. Dabei verlegten sie die Gerätschaften und Gewohnheiten des modernen Lebens in das Höhlenzeitalter. 1959 schufen die gleichen Zeichner den Bären *Yogi*, der wie ihre früheren Figuren für das Fernsehen adaptiert wurde. Ein weiteres neues Thema sind die Hexensatiren, die aus der Perspektive unseres wissenschaftlichen Zeitalters die atavistischen Ängste parodieren, die sie einst wachgerufen haben. In diese Gattung gehört der berühmte *Wizard of Id* (1964), die Geschichte eines enttäuschten und bedauernswerten Zauberers, und die häßliche und romantische Hexe *Broom Hilda*.

Comic-Parodien im MAD Einen Höhepunkt erreicht die Gattung in der Zeitschrift *MAD* (1952), die sich einem schrankenlosen Humor verschrieb. Ihr hemmungsloser Nonsens trägt neodadaistische Züge und führt zu sehr gut gezeichneten Parodien der traditionellen Comics. 1955 wird aus dem Comicbook das Magazin *MAD*. Unter diesem Namen wird die Zeitschrift für ihren aggressiven und kühnen Humor berühmt. Besonders erwähnenswert sind die Filmparodien, die von Mort Drucker und George Woodbridge gezeichnet wurden. Dort schuf Harvey Kurtman auch die raffinierte und attraktive *Little Annie Fanny*, die sehr an die Marilyn Monroe aus *Wie angelt man sich einen Millionär* erinnert. 1962 wurde die Figur vom *Playboy* übernommen. Dort wurde sie Gegenstand einer verschwenderisch ausgestatteten Serie in Farbe, die Texte dort stammten von Will Elder. Beherrscht wurden die Geschichten von dem begehrenswerten Körper der *Little Annie Fanny*. Die Episoden stellten eine erotische Parodie auf die rührenden Mißgeschicke der *Little Orphan Annie dar*. Die gewagten Abenteuer dieser Serie legen Zeugnis von der neuen moralischen Freizügigkeit ab, die sich des Genres bemächtigt hat. Die gleiche Freizügigkeit, allerdings unter einem anderen Aspekt, findet sich in den sadistischen Horror-Co-

Die Zeitschrift «Creepy», 1965 von James Warren gegründet, hatte mit ihrer Masche, nur besonders freizügige Sex- und Horrorgeschichten zu bringen, bei einem großen Publikum den beabsichtigten Verkaufserfolg.

mics der Zeitschrift *Creepy* (1965), die von James Warren gegründet wurde. Wenig später folgte die sehr ähnliche Publikation *Eerie*. Sadistische Elemente bildeten auch einen wesentlichen Aspekt der bewegten Abenteuer der schönen aristokratischen *Phoebe Zeit-Geist*, die in der Zeitschrift *Evergreen* veröffentlicht wurden.

Comix aus dem Untergrund Diese freizügige und immer aggressivere Tendenz war ein Zeichen dafür, daß die Comics sich in größerem Maße an Erwachsene wandten und frühere Hemmungen mehr und mehr abstreifen. Die Tendenz steht in enger Verbindung zur strengen Zensur und der Veränderung der moralischen und sexuellen Normen in den sechziger Jahren. Damals spielte die Gegenklutur der Jugend eine wichtige gesellschaftliche Rolle. Die Protestbewegung hatte sich vor allem an den Universitäten und in den intellektuellen Zentren Kaliforniens herausgebildet. In Verbindung ihrer Bewegung entstanden 1968 die Underground Comix, die aus dem Comicbook mit dem Titel *Zap Comix* hervorgingen, einer Arbeit des jungen Zeichners Robert Crumb aus San Francisco. Dieser Autor wurde der wichtigste Vertreter der neuen Bewegung und erreichte den Gipfel seines Ruhms, als seine zustörungswütige Figur *Fritz the Cat* (1965) als Trickfilm von Ralph Bakshi (1972) die Leinwand eroberte. Der von Crumb eröffnete Weg erwies sich als sehr erfolgversprechend und führte zu einer Reihe «häßlicher» Comics, die ihren Autoren zwar kein Geld und keinen Ruhm eintrugen, die aber doch Beispiele für den freizügigen Ton waren, der sich eingebürgert hatte. Sie gebärdeten sich extravagant, zotig, hemmungslos erotisch und oft blutrünstig. Die graphischen Mittel waren aggressiv und überraschend. In Spanien nannte man die Stilrichtung *féisme* (von feo = häßlich).

Zu den bemerkenswertesten Zeichnern der *Underground Comix* gehören Rick Griffin, Monororo, Gilbert Shelton, Skurski, S. Clay Wilson, Victor Moscoso u. a.

Träume und Ängste europäischer Spießbürger: Willie Wacker und Modesty Blaise Auch in Europa verlief die Entwicklung wieder positiv. In England wurden die satirischen Comics bissiger. Wenn man sich auf dem Gebiet des Girl Strips auch vergebens bemühte, die Lücke zu füllen, die die von Maz gezeichneten *Jane-Patti* (1959) und *Jane... Fille de Jane* (1961) hinterließen.

Der träge *Andy Capp* (*Willie Wacker*) war eine Wiederaufnahme des klassischen Motivs der Frauenherrschaft im häuslichen Bereich. Auch Frank Dickens lieferte einen gesellschaftskritischen Beitrag mit seinen beiden Serien *Bristow* (1961), Geschichte eines unterdrückten und hinterhältigen Büroangestellten, und Willie Biggelow (1965), den Streichen eines eher grausamen als schalkhaften Kindes. Auch die Abenteuer des populären Geheimagenten James Bond (1950), ein Geschöpf des Romanciers Ian Fleming, wurden zu Comics verarbeitet. Zwischen 1960 und 1963 zeichnete John McLusky ihn. Dann wurde McLusky von dem weitaus besseren Horak ersetzt. Jim Holdaway schuf den stets verlieb-

Als Erwiderung auf die reaktionäre «Little Orphan Annie» erschienen 1962 im «Playboy» die Abenteuer der Sexheldin «Little Annie Fanny».

ten Detektiv *Romeo Brown* (1959). Ohne es zu wollen, betört er die schönsten Frauen, auf die er dann aber doch schließlich verzichten muß. Der Zeichner bleibt diesem Masochismus auch in dem Comics treu, in dem die Abenteuer der Geheimagentin *Modesty Blaise* (1962) geschildert werden. Die Texte stammen von dem Romancier Peter O'Donnell. Stets unterliegen dort die Männer der üppig geformten Superfrau, die meist schwarz gekleidet ist, schwarze Stiefel trägt und eine Peitsche in der Hand hat. Sie könnte der Phantasie von Sacher Masoch entsprungen sein. Diese außergewöhnliche Figur hat Joseph Losey dazu angeregt, eine amüsante Parodie auf die Agentenfilme zu drehen (1965).

In französischer Sprache erscheinen in diesen Jahren eine ganze Reihe neuer Zeitschriften. Das beginnt mit der wichtigen belgischen Wochenzeitschrift *Pilote* (1959) und läßt sich verfolgen bis hin zu den surrealistisch anmutenden Veröffentlichungen im Stile von *Hara-Kiri*, mit deren erotomanen Zeichnungen

Georges Wolinski hervortrat. Meist wenden sich diese Zeitschriften an eine erwachsene Leserschaft, so auch *Charlie* (1969) und *Charlie Hebdo* (1971). Die Abenteuerserien, die bis dahin kaum gepflegt wurden, erhalten dadurch großen Auftrieb und bilden verschiedene Untergattungen aus. In den Bereich des Comic-Western gehört der Cowboy *Jerry Spring* und sein treuer mexikanischer Begleiter *Ponche*. Diese Serie wurde 1951 von dem Belgier Jijé (Joseph Gillain) ins Leben gerufen. Ein anderer Western ist die Serie *Fort Navajo* (1964) mit Zeichnungen von Gir (Jean Giraud) und Texten von Jean-Michel Charlier. Dieser einfallsreiche belgische Texter arbeitet auch an der Geschichte des Korsaren *Barbe Rouge* (1959) mit, deren Zeichnungen von Victor Hubinon stammen, und an der Serie des Piloten *Tanguy* (1959), die Albert Uderzo zeichnete, bis er von Jijé ab-

gelöst wurde. Andere Helden technischer Serien sind *Michel Vaillant* (1959), die Geschichte eines Rennfahrers von dem Belgier Jean Graton, dem man häufig homosexuelle Neigungen vorgeworfen hat. Martin Sièvre orientierte sich an der Geschichte und ließ den berühmten Straßenräuber *Cartouche* (1964) wiederauferstehen. Die Figur wurde in Frankreich mehrfach verfilmt. Der romantischen Vorliebe für die Vergangenheit verdankt man auch *Les Amours Célèbres*, die täglich in *France-Soir* veröffentlicht werden. Die Zeichnungen stammen von L. Moles, die Texte von Paul Gordeaux.

Astérix, ein pädagogischer Comic Hier ist die Serie *Les Schtroumpfs* (*Die Schlümpfe*) (1957), eine Arbeit des Belgiers Peyo (Pierre Culliford), zu nennen.

Nach den Geschichten von Peter O'Donnell zeichnete Jim Holdaway die Agentenserie «Modesty Blaise». Sie wurde 1965 von Joseph Losey mit Monica Vitti verfilmt.

Diese stets aufgeregten blauen Kobolde, die von ihrem Häuptling, dem *Grand Schtroumpf* (*Oberschlumpf*), kommandiert werden, erschienen in der Zeitschrift *Spirou*. Die Serie hatte einen Zwergenstrip zum Vorbild, der zehn Jahre zuvor für den Trickfilm geschaffen worden war. In der gleichen Zeitschrift erschien *Gaston Lagaffe* (1957), eine Arbeit des Belgiers André Franquin. Es ist die Geschichte eines tollpatschigen Querulanten, der seinem Namen alle Ehre macht (La gaffe = Dummheit, Blamage). 1959 schuf der Texter René Goscinny, der, wie bereits erwähnt, an der Serie *Lucky Luke* mitarbeitet, den kleinen robusten gallischen Krieger *Astérix*, der der beliebteste Comic französischer Sprache werden sollte. Astérix erlebt seine Abenteuer in den gallischen Kriegen der Zeitenwende. Er ist eine Parodie auf Vercingetorix, der sich den römischen Legionen Julius Caesars widersetzte. Begleiter des Helden ist der riesige *Obelix*. Seine Scherze, die reich an amüsanten Anachronismen sind, spielen häufig boshaft auf die aktuelle politische Situation an und brachten der Serie den Vorwurf ein, sich zum Fürsprecher der *grandeur francaise* zu machen, die dem General de Gaulle so am Herzen lag.

Unten: 1958 schuf der Belgier Peyo (Pierre Culliford) «Les Schtroumpfs» («Schlümpfe»), kleine blaue Zwerge aus dem Schtroumpfland, die in ihren weißen Schtroumpfhosen bis auf den Oberschlumpf alle gleich aussehen. In der Sprache der Zwerge kann mit dem Wort «Schtroumpf» fast alles ausgedrückt werden.

Kulturelle Neubewertung Die wichtigste Erscheinung aber, die sich in Frankreich der sechziger Jahre auf diesem Gebiet zeigte und die sich bald darauf über ganz Europa verbreiten sollte, war die kulturelle Aufwertung und Neueinschätzung des Comics durch intellektuelle Minderheiten. Erstes Anzeichen für diesen Vorgang war 1962 die Gründung des Club des Bandes Dessinées unter der Präsidentschaft von Francis Lacassin und der Vizepräsidentschaft des berühmten Filmregisseurs Alain Resnais. Gleichzeitig entwickelte sich die Kunstrichtung des Pop, die sich der Comic-Figuren und der typischen Lautmalereien als Ausdrucksmittel bediente. Der Klub wurde 1964 zum Centre d'Etude des Littératures d'Expression Graphique, außerdem entstanden ähnliche Gruppierungen: die Société d'Etudes et de Recherches des Littératures (*Socerlid* 1964) und Le Groupe Espagnol d'Etude des Littératures Populaires et de l'Image. Außerdem wurden

«Astérix» (1959) von René Goscinny und Albert Uderzo gilt mit seiner Verbindung von genauen geschichtlichen und sprachlichen Recherchen und aktuellen Anspielungen als Comic hoher Qualität.

Oben: Mit «El Capitán Trueno» wurde in Spanien die Tradition mittelalterlicher Comics-Abenteuer fortgesetzt, die mit «El guerro del antifaz» begonnen hatte.

eine Vielzahl von Zeitschriften gegründet, die sich mit der historischen, sozialen oder ästhetischen Untersuchung der Comics beschäftigten: die französischen Zeitschriften *Giff-Giff* und *Phénix*, die spanische *Bang!*, die italienische *Linus* und andere. Sie führten zu einem nachhaltigen Interesse an dieser Literaturgattung. Zugleich mit dieser Bewegung kamen kostbare Alben auf den Markt, bei denen es sich entweder um experimentelle Strips handelte oder um sorgfältige Wiederauflagen klassischer Comics. Vor allen Dingen sind hier die Alben des französischen Verlags Eric Losfeld und des italienischen Verlags Milano Edizioni zu nennen.

Comic-Kongresse Ausstellungen, Versammlungen und Kongresse, die sich mit diesem Thema beschäftigen (wichtigster Kongreß wird das jährliche Treffen im italienischen Lucca, das seit 1966 stattfindet) zeigen an, daß die Comics endlich kulturell arriviert sind.

In diesem ganz neuen kulturellen Rahmen sind die raffinierten, phantastisch-erotischen Comic-Heldinnen zu sehen, die zuerst in Frankreich entstehen. Sie wenden sich an eine Leserschaft von Kennern. Die erste Heldin dieser Art war *Barbarella* (1962), die erst in dem 1964 erschienenen Album einen größeren Bekanntheitsgrad errang. Die großartigen Weltraumabenteuer der schönen *Barbarella*, deren betörendes Äußeres an Brigitte Bardot erinnert, zeichnen sich durch eine außerordentliche moralische Freizügigkeit und große poetische Phantasie aus. Roger Vadim gelang nur ein schwacher Abklatsch, als er diese

Oben: «Coccobill» (1957) des Italieners Benito Jacovitti parodiert wie «Lucky Luke» die Westernklischees. Unten: Als hervorragend gezeichnet gilt auch der französische Western-Comic «Fort Navajo» (1963) von Jean-Michel Charlier und Gir (Jean Giraud).

Seit 1966 erlebten die Erwachsenen- und Intellektuellen-Comics einen großen Aufschwung. Sie galten als sexy und elitär, wie z. B. «Pravda» von Guy Peelaert, plakativ im Popstil gezeichnet.

Abenteuer mit Jane Fonda verfilmte. Der große Erfolg, den das Barbarella-Album errang, veranlaßte seinen Herausgeber Eric Losfeld dazu, die Reihe der phantastisch-erotischen Comic mit *Les Aventures de Jodelle* (1966) fortzusetzen. Die Texte schrieb Pierre Bartier, die Zeichnungen stammen von dem in Belgien geborenen Guy Peellaert, der ursprünglich Werbegraphiker war. *Jodelle* bietet einen phantastischen und ganz neuen Rahmen. Die Handlung spielt im kaiserlichen Rom, das mit Neonröhren in imposanten Cadillacs ausgestattet ist und so zu einer Synthese der Metropolen von gestern und heute wird. Die Heldin ähnelt der Sängerin Sylvie Vartan. Sie ist in eine äußerst verwickelte Spionageaffäre und politische Verschwörung verstrickt, die in Wirklichkeit nur als Vorwand für eine Satire auf die moderne Welt dient. Das auffälligste graphische Merkmal dieser Arbeit Peelaerts, der sehr stark von der Gefühlswelt des Pop beeinflußt ist, besteht darin, daß er verschwenderischen Gebrauch von plakativen, grellen Farben macht (roten Haaren, blauen Nägeln, grünen Gesichtern usw.) Diese Farbgebung verstärkt die phantastische Irrealität der Geschichte. Außerdem begegnet man auf den Seiten von *Jodelle* den Karikaturen von François Mauriac, den Beatles, Präsident Johnson und von Papst Paul VI.

Der Erfolg des Albums veranlaßte Guy Peellaert, den eingeschlagenen Weg auch im nächsten Werk forzusetzen: *Pravda, La Survireusee* (1968), einer Figur, die in *Hara-Kiri* erschien. Dieser Comic übertraf das vorhergehende Album in vielerlei Hinsicht. Die spärlich bekleidete Heldin ist anziehend. Sie fährt ein starkes Motorrad und ist Leiterin einer radikalen, militanten Feministinnengruppierung. Doch die Aggressivität und der freche Zynismus dieses Comics fanden wenig Anklang, da sein Erscheinen in eine Zeit fiel, in der Kulturmarkt von den Erzeugnissen der Popästhetik überschwemmt wurde. In die Reihe der raffinierten Comics für Erwachsene gehören auch die Abenteuer des Weltraumcowboys *Lone Sloane* (1967), die sehr vom Stil der *Liberty* beeinflußt sind. Philippe Druillet zeichnete sie. Auch *Scarlett Dream* (1967) gehört dazu. Diese Heldin, die ständig auf der Suche nach der Liebe ist, wurde von Robert Gigi nach Texten von Glaude Moliterni gezeichnet. Die Gattung erreichte ihren Gipfelpunkt mit der monumentalen außergewöhnlichen Serie *Saga de Xam* (1967) nach Texten von Jean Rollin und Zeichnungen eines Teams, das unter der Leitung von Nicolas Devil arbeitete. Das verschwenderische Album beschreibt die pazifistische Odyssee der *Saga* vom *Planeten Xam*. Es ist ein experimenteller Comic, der bei den verschiedensten Stilrichtungen Anleihen macht. Das geht von exotischer Graphik und Bilderschrift (Ägypten und China) bis hin zur Empfindsamkeit des *Jugendstils* der Jahrhundertwende. Es ist ein sehr esoterisches und hermetisches Werk, das sich als avantgardistisch versteht und dem Leser viel Mühe abverlangt. Überhaupt ist die ganze Gattung avantgardistisch und wohl auch ein bißchen snobistisch. Eine Gegenreaktion auf den Umstand, daß man in Europa den Comics so lange kaum Beachtung schenkte.

«Kunstwerke schaffen» Diese Arbeiten brachen mit der Tradition. In ihnen sprach sich der Wille aus, «Kunstwerke zu schaffen» und die ästhetische Bedeutung der neuen Technik unter Beweis zu stellen.

Die Ereignisse vom Mai 1968 sind nicht spurlos an den französischen Comics vorbeigegangen. Die Zeichner haben verstanden, daß man das Ausdrucksmittel in den Dienst der politischen Information stellen kann: so wurden eine Reihe aus dem Rahmen fallender Zeitschriften gegründet, wie *Enragé* (Reiser, Gébé, Cabu, Wolinski); auch die Zeitschrift *Pilote* spürte die Veränderung und wandte sich seit Anfang 1969 verstärkt an junge Erwachsene. Um die Person René Goscinnys formierte sich ein neues Team.

Damit kam es zu neuen Comic-Serien wie *Lone Sloane* von Druillet, *La Rubrique à Brac* von Gotlib, *Le Concombre masqué* von Mandryka, *Cellulite* von Claire Bretecher. Serien wie *Lieutenant Blueberry* (Leutnant Bluberry) von Gir und Charlier oder *Valérian* von Mézières und Linus wandten sich verstärkt an Erwachsene.

Währenddessen nahmen die anderen Wochenzeitschriften eine abwartende Haltung ein und beobachteten skeptisch, wie *Pilote* der veränderte Ton bekam. Im Laufe der Jahre stellte sich jedoch heraus, daß die neue Tendenz dem Comic Auftrieb gab und den französischen Erzeugnissen internationale Anerkennung einbrachte.

Pif Gadet entschied sich dafür, vollständige Geschichten abzudrucken. Es kam mit zwei Serien heraus: *Rahan* von Chéret und Lésureux sowie *Dokteur Justice* von Marcello und Lécureux.

Traditions- und Minderheiten-Comics In Belgien hält sich der Comic an die Tradition. *Spirou* behält den eingeschlagenen Weg bei. Dort erscheinen *Gaston* von Franquin, *Boule et Bill* von Roba, *Les Schtroumpf* (*Die Schlümpfe*) von Peyo und *Natacha* von Walthery. *Tintin* bringt eher Abenteuer-Comics. Seinem Chefredakteur gelang es, ein neues Team zu bilden mit Autoren wie Hermann, Dupa, Dany, Greg, Paape, Derib und Groot.

Seit 1972 gibt es auch eine aus dem Rahmen fallende Comic-Zeitschrift, eine Publikation für Minderheiten: das alle drei Monate erscheinende *L'Echo des Savanes*. Es stellte die Welt der Comics völlig auf den Kopf und schuf ganz neue Vorstellungen bei den Autoren. Nach dem *Echo des Savanes* kam die Zeitschrift *Mormoil* auf den Markt, die von Mulatier und Morchoisne gemacht wird. Dann *Le Métal Burlant* unter der Leitung von Jean Giraud Philippe Druillet und Jean-Pierre Dionnet, die sich vor allen Dingen mit Science-fiction beschäftigten. *Le Fluide glacial* wird von Marcel Gotlib und Alexis geleitet. Das *Echo des Savanes* erlebte dann zwar eine schwierige Zeit, bekam aber neuen Auftrieb unter der Leitung von Mandryka.

Nachdem es die «Syndikate» über 40 Jahre lang gibt, darf heute endlich festgestellt werden, daß in Frankreich die erste entsprechende Presseagentur gegründet wurde: Die Dargaud Presse mit folgenden führenden Comics und Comic-Autoren: *Astérix*, Goscinny/Uderzo; *Lucky Luke*, Goscinny/Uderzo; *Achille Talon* von M. Greg; *Scarlett Dream*, Moliterni/Gigi; *Ulysse*, Lob/Pichard; *Yves Sainclair*, Moliterni/Serres; *Iznogoud*, Goscinny/Tabary.

Aufarbeitungen Seit 1962 häufen sich die Veranstaltungen, die die Comics zum Thema haben. Die drei wichtigsten sind: Das Festival von Lucca (Ende Oktober/Anfang November); Angoulême (Mitte Januar); La Convention de la Bande Dessinée in der Mutualité in Paris (Mitte Oktober). Die Zeitschrift *Phénix*, die sich ausschließlich den Comics widmet, bietet seit 1965 Informationen und Untersuchungen zum Thema Comics.

Der amerikanische Reporter-Zeichner Winsor McCay, der als Zirkusschildermaler angefangen hatte, zeichnete 1905–1911 in der «New York Herald» die Träume des «Little Nemo in Slumberland».

In Italien erfreuten sich die Comics (*fumetti* auf italienisch) stets großer Beliebheit. Auch dort eroberten sie sich intellektuelle Kreise. Die in Mailand erscheinende Zeitschrift *Linus* (1965), die von Giovanni Gandini gegründet wurde, ist Ergebnis und Zeugnis dieses Interesses. Sie trug wesentlich dazu bei, die Gültigkeit des Ausdrucksmittels unter Beweis zu stellen. In den fünfziger Jahren gab es zahlreiche regionale Serien, die sehr gern gelesen wurden, so zum Beispiel *Akim* (1950), der Waldmensch, den Pedrazza in der Art von *Tarzan* zeichnete. Dieser *Akim* erlebte seine Abenteuer gemeinsam mit der schönen *Rita* und einem Affenpaar. Auf humoristischem Gebiet waren die grotesken Schöpfungen des einfallsreichen Benito Jacovitti ohne Zweifel die originellsten. In den fünfziger Jahren schuf Jacovitti den Reporter *Tom Ficanaso* (1956), eine eitle Figur, die den ganzen journalistischen Berufsstand parodierte, und den Cowboy *Coccobill* (1957), der mit seinem Pferd *Trottalemme* den Western auf amüsante Art durch den Kakao zog.

Diaboli-K, K-riminal, Satani-K 1962 entstand im Zuge der neuen Freizügigkeit und des Interesses der Leserschaft an neuen Formen in Italien jene Gattung, die dann den Namen Schwarzer Comic bekam. Einerseits gehören diese Erzäh-

Links: «Aghardi» (1969) von dem spanischen Zeichner Enric Sió erschien in der italienischen Comiczeitschrift «Linus». Der italienische Zeichner Guido Crepax gilt als einer der größten Neuerer der zeitgenössischen Comics. Rechts: «Valentina», die ebenfalls in der 1966 gegründeten Zeitschrift «Linus» erschien.

lungen in den Bereich der Kriminal- und Spionagegeschichte, andererseits rükken sadistische und erotische Elemente in den Vordergrund. Diese Comics fanden großen Anklang. Die erste Serie war *Diabolik* (1962), stets bekleidet mit einer eng anliegenden schwarzen Uniform, dann folgte der hartgesottene und gerissene *Kriminal*, schließlich die blonde, diabolische *Satanik* (1965). Die Namen sind nicht ohne Bedeutung. In allen dreien kommt das im romanischen Sprachraum seltene «K» vor, das dort die Assoziation «germanische Abartigkeit» herstellt.

Ein Jahr darauf wechselte die letzte Figur in den Fotoroman über. Das setzte dieser im großen und ganzen sentimentalen Gattung neue weniger backfrischhafte Akzente. Ebenfalls an eine neue Leserschaft wandten sich die phantastisch-erotischen italienischen Heldinnen, die den französischen nachgebildet waren: die blonde *Selene* von Pietro Palma und Tullio Rolandi; die üppige, liebestolle Weltraumbewohnerin *Alika* und die ebenfalls im Weltraum beheimatete *Gesebel* (1966) von Magnus, sowie die Prinzessin *Uranella* (1966). Anspruchsvoller und nicht ohne moralischen Unterton war das Album *Clyto nel Paese dei Sogni Colorati*, das 1974 mit Texten von Luigi Grecchi und Zeichnungen von Max Pistoglia erschien auf den Seiten dieser Zeitschrift.

Unter den Serien, die in der *Linus* veröffentlicht wurden, verdient *Girighiz* (1965) besondere Erwähnung. Die Geschichte spielt in einem verlassenen, ent-

Ein Beispiel für die lateinamerikanischen Comics ist «Anibal 5» (1966) aus Mexiko von dem Zeichner Alexandro Jodorowsky. Es ist die utopische Geschichte menschlicher Wesen, deren Fähigkeiten durch in den Körper eingesetzte Apparaturen potenziert werden.

behrungsreichen prähistorischen Szenarium, ist aber nicht ohne subtilen Humor. In dieser Zeitschrift machte auch im Jahre 1965 der Mailänder Guido Crepax mit einer utopisch-wissenschaftlichen Serie von sich reden. Protagonist ist ein gewisser *Neutron*, der mit starker übersinnlicher Begabung ausgestattet ist und der von *Valentina Rosselli* begleitet wird, einer bestrickenden, brünetten Mailänder Fotografin mit Fransenfrisur. Die beiden erforschen das Innere der Erde. Sie wird zur typischen Heldin des modernen italienischen Comics. Sie und andere Heldinnen, ihre Schwestern im Geiste, bevölkern die sittenstrengen und raffinierten Comics von Crepax. Er zeichnet sich dadurch aus, daß er einen ganz eigenen und glücklichen Gebrauch von der erzählerischen Auslassung und der analytischen Montage macht. Die Konzeption seiner Geschichten ist ganz neu. Großen Raum nehmen psychologische und Freudsche Elemente in ihnen ein (Träume, Halluzinationen, Einbildungen, Erinnerungen). Seine Serien werden zunehmend erotisch. Zu den Werken dieses Autors, des vielleicht größten Neuerers der zeitgenössischen Comic-Szene, gehören: *L'Astronave Pirata* (1968); *La Casa Matta* (1970); *Ciao, Valentina* (1970) und *Anita* (1973).

Ein Sonderfall im Rahmen des Aufwärtstrends der modernen italienischen Comics ist das Werk von Hugo Pratt. Der Autor von *As de Pique* hat nämlich einen Großteil seiner Arbeiten in Lateinamerika angefertigt. 1950 hat er sich in Buenos Aires niedergelassen und dort den *Sgt Kirk* (1953) geschaffen, die Geschichte eines amerikanischen Sergeanten, der aus der Nordstaatenarmee desertiert ist und bei Indianern lebt. Außerdem entstanden dort noch die Serien *Ernie Pike* (1956), eine Geschichte, die im Zweiten Weltkrieg spielt, und *Ana de la Jungka* (1959), ein afrikanisches Abenteuer. Nach Aufenthalten in Brasilien und England hat Pratt 1965 seinen Wohnsitz in Italien genommen und dort eine bemerkenswerte Arbeit veröffentlicht: *Une bataille sur la Mer Salée* (1967). Die Hauptfigur übernahm er in die ausgezeichnete Serie *Corto Maltese*. Der Held ist ein Seemann, der an fernen Gestaden faszinierenden Personen begegnet und aufregende Abenteuer erlebt.

Spanien Auch in Spanien kommt es im Anschluß an die Nachkriegszeit zu einem energischen Aufleben der Comics. Ihre Vielfalt wird größer. Die mittelalterliche Tradition von *El Guerrero del Antifaz* wird mit *El Capitan Trueno* (1950) fortgesetzt. Die Zeichnungen stammen von Ambros (Miguel Ambrosio Zaragoza), die Texte von Victor Mora. Das Geschehen spielt um 1300 auf einem Kreuzzug gegen die Ungläubigen. Die Hauptfigur ist nicht nur ein Streiter für Recht und Ordnung, wie es das Gesetz der Gattung verlangt, sondern auch ein gebildeter, gelehrter Mann.

Aber nicht nur der epische Comic lebt wieder auf, auch die humoristische Gattung findet größere Verbreitung, vor allem dank des Verlagshauses Bruguera, das sich auf illustrierte humoristische Zeitschriften spezialisiert: *Pulgarcito*, von dem bereits die Rede war, dann *Super Pularcito* (1949), *DDT* (1950) und *Can Can* (1958), eine Zeitschrift voll bissigen Humors, die sich schüchtern an Erwachsene zu wenden versucht. Allerorten entstehen neue Zeitschriften, von der katalanischen *Cavall Fort* (1961), die unter kirchlicher Ägide erscheint, bis hin zur bemerkenswerten *Trinca* (1970) aus dem Doncel Verlag.

Die Renaissance des spanischen Comics findet also vor allem auf humoristischem Gebiet statt. Die Pioniere wurden bereits genannt. Die Tradition von *Pulgarcito* setzten Zeichner fort wie Alfonso Figueras, der Autor von *Aspirino y Colodion* und des Albums *Don Placido* (1970), F. Ibanez, der das drollige Paar *Mortaledo* und *Filemon* schuf, und der eigenwillige Satiriker Cesc (Francesc Vila), ein bissiger Kommentator der gesellschaftlichen Wirklichkeit. In diesem Zusammenhang ist auch eine Satire zu nennen, die sich besonders mit der Situation der Frau beschäftigt, *L'Education de Palmire* (1971), mit Zeichnungen von Nuria Pompeia und Texten von Vasquez Mantalban.

Die Bedeutung der spanischen Abenteuer-Comics läßt sich am Ausmaß ihres Exports erkennen. Wichtigster Abnehmer ist England, für das zum Beispiel auch die Serie *The Steel Clax* (1962) bestimmt war, die Geschichte eines Helden mit vernichtender Faust; sie wurde von Jesus Blasco für den Verlag Fleetway in London gezeichnet. Der große Aufschwung des spanischen Comics ist aber mit der beliebten Gattung der Science-fition verknüpft. Schon 1953 war im Anschluß an eine Hörspielserie *Diego Valon* der Pilot der Zukunft erschienen. Anfangs hatte Francisco Vlanes diesen Strip gezeichnet, dann war er von Buylla und von Bayo (Brualio Rodriguez) fortgesetzt worden. Neue Serien dieses Genres entstanden. So zeichnete der Madrider Carlos Jimenez, der sich bereits mit seinem Western *Gringo* (1963) einen Namen gemacht hatte, *Delta 99* nach Texten von Flores Thies, noch bekannter wurde er mit *Dani Futuro* (1969) nach Texten von Victor Mora. Die Science-fiction-Themen erweisen sich als besonders geeignet für graphische und erzählerische Experimente. Hier machte sich der Einfluß von Crepax geltend. Esteban Maroto stellte seine Bedeutung in dieser Gattung mit der Serie *Cinco por Infinito* (1968) unter Beweis. Dort arbeiten fünf Erdbewohner mit *Infinito* zusammen, dem Überlebenden einer ausgestorbenen extraterrestrischen Rasse. Die Tendenz zum formalen Experiment, die diese Serien aufweisen, findet sich auch in dem bemerkenswerten Werk von Enric Sio wieder. Erwähnenswert sind seine katalanische Satire *Lavinia 2016 Óla Guerra dels poetes* (1968) und die beiden Comic strips *Serang* und *Nus.* Sein ehrgeizigstes Werk ist aber zweifellos *Aghardi* , das seit 1969 in *Linus* veröffentlicht wird. In der verwickelten Geschichte mischen sich archäologische Elemente mit Hypothesen über die Zukunft. Unter den jüngsten Beiträgen auf dem Gebiet des spanischen Comics ist vor allem *Haxtur* (1971) zu nennen, die Victor de la Fuente für *Trinca* gezeichnet hat.

Lateinamerika Auch in Lateinamerika haben die Comics in den letzten Jahren an Boden gewonnen, obwohl die nordamerikanischen Strips dort lange fast uneingeschränkt herrschten und es – wenn man von Argentinien und Brasilien einmal absieht – kein eigenes Verlagswesen gibt. In Mexiko trat der Kosmopolit

Alexandro Jodorowsky, der sich später auch als Filmregisseur einen Namen machen sollte, mit der Serie *Anibal 5* (1966) hervor. Es ist die utopische Geschichte eines *Cyborg* (eines menschlichen Wesens, dessen Fähigkeiten durch Apparate erweitert wurden, die man ihm in den Körper eingesetzt hat). Das Werk ist ganz im Ton der französischen Avantgarde geschrieben.

Die kubanische Revolution schuf didaktische und antiimperialistische Comics. Ganz eigenwillige Stilisten haben an ihnen mitgewirkt, so Santiago Armada «Chago», der während des Guerillakrieges in der Sierra Maestra gearbeitet hat; Newton Estapé, von dem *Hombres de Con-Co* und *Tupac Amaru* stammen; Vingilio Jordi, der nach Texten von Fidel Morales *El General Sandino* zeichnete, Mario Ponce, dessen Zeichenstift der Mulatte *Endure* entstammt, während die Texte von Manuel Serpa sind.

In Argentinien haben sich die Comics schon in den dreißiger Jahren einen festen Platz erobert. Es gab sogar eigene Zeitschriften: *Rico Tipo* (1914), *Patoruzito* (1945), *Intervalo* (1945), *Avivato* (1953). Die Leserschaft hatte viel für die Serien von einheimischen Zeichnern übrig. Zu ihnen zählen Battaglia (*Manuchugo y Meneca*); Divito (*Fulmine; El otro yo del Dr. Merengue; Fallutelli*); der aggressive Oski (Oscar Conti), Autor von *Amarroto*; Lino Palaccio (*Don Fulgencio*); und Mordillo. Sie erwiesen sich als talentiert, und so traten die amerikanischen Syndikate mit ihnen in Verbindung. In ihrem Auftrag schuf José Luis Salinas den mexikanischen Abenteurer *Cisco Kid* (1951) nach Texten von Rod Reed. Die Internationalität des argentinischen Comics zeigte sich nicht nur dar-

Das Kind «Mafalda» von dem Argentinier Quino ist die aggressive Antwort auf die amerikanischen Bürgerkinder-Figuren, für die «Charlie Brown» besonders typisch ist.

in, daß argentinische Zeitschriften nach Spanien exportiert wurden (*Rico Tipo, Billiken*), sondern daß auch die italienischen Zeichner Hugo Pratt, Mario Faustinelli, Alberto Onagro nach Argentinien geholt wurden, nämlich als Italien die Zeitschrift *Misterix* für eine argentinische Leserschaft herausbrachte. Auch andere argentinische Zeichner feierten im Ausland Triumphe, so Copi (Raul Damonte Taborda), dessem frechen Witz man auf den Seiten der französischen Zeitschriften *Bizarre* und *Le Nouvel Observateur* begegnet. Die universelle Verbreitung des lateinamerikanischen Comics erreichte ihren Höhepunkt mit dem frechen *Mafalda* (1964). Dieses Kind mit dem großen Kopf auf einem kleinen Körper war ein Werk des Argentiniers Quino (Josaquin Salvador Lavado). Es führt eine ganze Schar an (*Manolo, Felipe, Susana, Miguelito* und das Baby *Guille*). Zu verstehen ist dieses Geschöpf als eine gereizte Antwort auf die neurotischen und gutgenährten Kinder der amerikanischen Comics. Neben Quino erlangte auch der in Argentinien lebende Uruguayer Alberto Breccia internationalen Ruhm, wenn auch auf ganz anderem Gebiet. Breccia betätigt sich schon lange als Zeichner und begann mit der utopischen Serie *El Eternauta* (1957) mit Texten von H. Oesterheld. Noch deutlicher trat sein expressionistischer Stil in *Mort Cinder* (1962) zutage. Die Serie besteht aus kräftigen Helldunkelzeichnungen. Sein bewegter Stil und seine magisch-mythologischen Neigungen veranlaßten ihn, *Los Mitos de Cthulhu* (1973) von H. P. Lovecraft in sehr eigenwilliger Weise zu übernehmen. Diese Künstler haben Argentinien zur «Weltmacht» auf dem Gebiet der Comics gemacht.

Die Zukunft der Bilderliteraturen In dem Zeitraum, den wir betrachtet haben, wurde deutlich, daß die Bilderliteraturen, die einst als primitiv und kulturell wertlos angesehen wurden, nach und nach von vielen Intellektuellen und Publizisten sehr aufrichtig und ohne jede Herablassung akzeptiert wurden. Das ist vor allem in Europa spürbar geworden, wo man im Gegensatz zu den Vereinigten Staaten traditionell eine strenge Trennungslinie zwischen der anerkannten Literatur und der (verächtlich) Massenkultur zu ziehen gewohnt ist. (Amerikanische Schauspieler wie Chaplin oder Keaton haben dagegen Werke hinterlassen, deren ästhetischer Wert außer Frage steht, was sie aber nicht daran hinderte, sehr populär zu werden.) Angesichts dieser Umwertung, die gegen Ende des letzten Jahrzehnts stattfand, erklärte die amerikannische Forschungsgruppe *Archigram*

(bestehend aus Professoren der Architectural Assocaition aus London und Mitgliedern der Universität von Virginia: «Nur die Comics haben mit nicht zu leugnender Wirksamkeit die motivierenden Faktoren als untrennbare Elemente einer ‹Umwelt› und ihrer Ästhetik dargestellt.» Deshalb hat diese Gruppe empfohlen, dieses Darstellungsmittel zum Beispiel bei der Entwicklung großer Projekte der Städteplanung zu verwenden.

Die Besonderheit der Situation liegt darin, daß die Bilderliteraturen sich ihrer höchsten kulturellen Wertschätzung zu eben dem Zeitpunkt erfreuten, als ihre wirtschaftliche Krise am spürbarsten war. Die Krise blieb – nebenbei gesagt – auch anderen Zweigen der Unterhaltungsindustrie, dem Kino zum Beispiel, nicht erspart. Hier wirkte sich vor allen Dingen die erdrückende und überall spürbare Konkurrenz des Fernsehens aus. Der eingängige, leicht zu konsumierende Fernsehfilm hat in unserer Gesellschaft weitgehend die Funktion des Geschichtenerzählens übernommen, die in früheren Jahren das Kino und die Comics innehatten. So nimmt es nicht Wunder, daß in den letzten beiden Jahrzehnten die Comics vor allen Dingen eine Leserschaft ansprachen, die sich nicht besonders für das «Pantoffelkino» erwärmen konnte. Daraus erklärt sich auch die Beschaffenheit der Gattungen, die sich durchsetzen konnten. Einmal waren es die komischen Serien, die sich durch einen karikaturistischen, linearen und schematischen Stil auszeichneten (das heißt die antifotografisch waren) und zum anderen die sehr erotischen und extravaganten Serien (die Alben für Erwachsene). Unter diesem Gesichtspunkt hat die harte Konkurrenz des Fernsehens den epischen Abenteuer-Comics großen Schaden zugefügt. Sie sind ja großenteils ein billiger Ersatz für das Kino gewesen. Heute dagegen sind sie teurer als der Fernsehfilm.

Hinzu kommt das neue politische Klima im Gefolge der Befreiung der Dritten Welt, das sicherlich dazu beigetragen hat, daß die meisten exotischen Erzählungen und Urwaldabenteuer abgesetzt wurden, da sie zumeist nicht frei von gewissen rassistischen Akzenten waren. Die harte wirtschaftloche Konkurrenz hat aber auch mit dafür gesorgt, daß neue Serien geschaffen und neue Lesergruppen entdeckt wurden. Sie hat die neue Freizügigkeit und die Intellektualisierung der Comics begünstigt.

Was den Fotoroman in den Vereinigten Staaten angeht, so hat dort das Fernsehen durch zahlreiche Melodramen und sentimentale Serien der Ära der ge-

Die Underground-Comic um «Mr. Natural» sind eine Parodie auf das amerikanische Hausfrauendasein.

fühlsseligen Fotoromane ein Ende gesetzt. Diese Fernsehfilme sind in den Vereinigten Staaten unter dem Namen *soap operas* (Seifenpoern) bekannt (weil sie ursprünglich als Werbung einer Seifenmarke finanziert und präsentiert wurden). In Südeuropa waren die staatlichen Fernsehanstalten jedoch nicht bereit, die populären und kulturell völlig wertlosen Serien auszustrahlen. Stoffe dieser Art mußten im allgemeinen ihr Dasein in den Programmen des Hörfunks fristen. Wo Mangel an bewegten Bildern herrschte, hat er für das Überleben des sentimentalen Fotoromans gesorgt, vor allen Dingen in Ländern wie Italien, Spanien und Frankreich.

Die Konkurrenz des Fernsehens ist also einer der entscheidenden Faktoren der heutigen Marktsituation, die sehr viel komplexer ist, als noch vor dreißig Jahren. Die Komplexität rührt vor allen Dingen daher, daß die Standardisierung nicht mehr existiert, die diese Industrie so lange charakterisiert hat. Heute kann der Leser am Kiosk nicht mehr einfach einen Fotoroman verlangen wie in jenen Zeiten, da sie alle austauschbar waren. Heute ist neben dem traditionellen sentimentalen Fotoroman der «schwarze Fotoroman» zu berücksichtigen, der sich durch seine sadistischen Elemente auszeichnet und in etwas freizügigeren Ländern (in Nordeuropa und einigen nordamerikanischen Staaten) die Pornographie. Im Zeitalter der phantastisch-erotischen Heldinnen und der Unterground Comix ist der Konsum der Comics schon lange nicht mehr nur Kindern vorbehalten.

Zu den neuen Funktionen, die die Bildererzählungen in den letzten Jahren übernommen haben, gehören auch pädagogische Aufgaben. Eine chirurgische Operation, ein Parkmanöver oder eine Städteansicht (dies hat *Archigram* sehr schön gezeigt) lassen sich wirksam mittels einer gezeichneten oder fotografierten Bildfolge darstellen. Vor allem aber regt das Medium das Denken von Kindern an. Die Bilderliteraturen sind immer auf eine elliptische Sprache angewiesen. Sie baut sich aus Montageteilen (Bildern) auf, die zwangsläufig raumzeitliche Zwischenstücke auslassen. Ganz natürlich ist das Kind also gezwungen, darüber nachzudenken, was zwischen einem Bild und dem nächsten geschieht (aber nicht gezeigt wird). Man kann auch ein Bild aus der Folge herausnehmen. Dann muß das Kind aus der Logik der verbleibenden Bilder auf den Platz schließen, an den es gehört.

Solche Experimente werden seit einigen Jahren an pädagogischen Hochschulen und Forschungszentren durchgeführt. Sie dienen einem doppelten Zweck. Einerseits informieren sie über die Denkmechanismen des Kindes und andererseits fördern sie die Entwicklung seines logischen Denkens.

Beim Gedanken an die Zukunft der Bilderliteratur scheint also kein Anlaß zum Pessimismus zu bestehen, trotz des beträchtlichen und bedrohlichen Einflusses des Fernsehens. Sieht man die Sache richtig, hat diese Drohung letztlich nur zu einer Fortentwicklung des Mediums geführt. Die gleiche Entwicklung war ja auch beim Film zu beobachten. Die Wandlung der Comics ist weltweit. Vor allem wenden sie sich heute an ein noch breiteres Publikum als in den ersten siebzig Jahren des Jahrhunderts.

Begriffserklärungen

Flapper (engl.) Backfisch, Teenager. Als immer lustiges, lebensfrohes, patentes amüsantes Mädchen Archetyp der Weiblichkeit in den zwanziger Jahren.

Ellipse (gr.-lat.) Ersparung von Wörtern oder Satzteilen in benachbarten oder zusammenhängenden Sätzen, z. B. (es ist) «schon gut» oder (ich) «hab schon».

Gag (engl.) Besonders in Filmen oder Theaterstücken, aber auch in Witzen oder komischen Erzählungen eine überraschende Wendung oder Lösung, über die man stutzt oder lacht und deren Idee man als gekonnt empfindet, oder ein technischer Trick.

ikonographische Erzählung (gr.-russ.) Jede Erzählform, die in einer Bilderfolge dargestellt wird – gezeichnet, gemalt oder fotografiert.

Zeitlupe Um im Film eine Bewegung verlangsamt, gedehnt und insgesamt verzögert darzustellen, wird ein Handlungsablauf etwa drei- bis viermal so schnell wie üblich gefilmt. Der Effekt der verlangsamenden «Zeitlupe» entsteht bei der Projektion der gefilmten Einzelaufnahmen mit normaler Geschwindigkeit.

Literaturhinweise

Baumgärtner, A. C.: Die Welt der Comics. Probleme einer primitiven Literaturform. (Kamps pädagogische TB, 26). Kamp Verlag, Bochum 1972

Baur, E. K.: Der Comic. Strukturen, Vermarktung, Unterricht. (Fach Deutsch). Schwann Verlag, Düsseldorf 1977

Burgdorf, P.: Comics im Unterricht. (Beltz praxis). Beltz Verlag, Weinheim 1976

Drechsel, W. U., J. Funhoff und M. Hoffmann: Massenzeichenware. Die gesellschaftliche und ideologische Funktion der Comics. (es, 501). Suhrkamp-Verlag, Frankfurt/M. 1975

Fuchs, W. J., und R. C. Reitberger: Comics. Anatomie eines Massenmediums. (rororo 1594). Rowohlt Taschenbuch Verlag, Reinbek bei Hamburg 1976

Fuchs, W. J., und R. C. Reitberger: Comics-Handbuch. (rororo, 6215). Rowohlt Taschenbuch Verlag, Reinbek bei Hamburg 1977

Fuchs, W. J. (Hg.): Comics im Medienmarkt, in der Analyse, im Unterricht. Leske und B. Verlag, Op. 1976

Greiner, R. (Hg.): Comics. Arbeitstexte für den Unterricht. (RUB, 9513/–2–). Verlag Philipp Reclam jun., Stuttgart 1974

Kagelmann, H. J.: Comics. Aspekte zu Inhalt und Wirkung (Schriften des Arbeitskreises für Jugendliteratur, e. V., München). Klinkhardt Verlag, Bad Heilbronn 1976

Pforte, D. (Hg.): Comics im ästhetischen Unterricht. (Fischer Athenäum TB, 2061). Scriptor, Athenäum 1974

Wermke, J.: Wozu sind Comics gut? Unterschiedliche Meinungen zur Beurteilung des Mediums und seiner Verwendung im Deutschunterricht. 3 Bde. (Theorie, Kritik, Geschichte, 2). Scriptor, Athenäum 1973

Sachwortregister

Personennamenregister